QUE SERAIS-JE SANS TOI

EMBRASE MON COEUR
TOME 2

KAIT NOLAN

Traduction par
MIREILLE GASTALDI

TAKE THE LEAP PUBLISHING

Que serais-je sans toi

Écrit et publié par Kait Nolan

Couverture par Najla Qamber

Copyright 2019 Kait Nolan

Traduit par Mireille Gastaldi - LANGUAGE+ LITERARY TRANSLATIONS, LLC

NOTE DE L'AUTEURE : Le texte qui suit est une œuvre de fiction. Tous les personnages, lieux et événements sont le fruit de l'imagination de l'auteure. Toute ressemblance avec des personnes, des lieux ou des événements réels n'est que pure coïncidence.

1

Sebastian Donnelly déplaça son point d'appui sur la selle et donna à la jument alezane un léger coup de genou. Gingersnap hésita puis changea de direction, se remit à trotter autour de la carrière.

— Brave fille !

Les oreilles de la jument suivirent la direction de sa voix chantante, il poursuivit sa mélopée alors qu'ils continuaient leur entraînement. Elle était à l'écoute du moindre contact, du moindre signal, de chaque changement du poids de son corps, et c'était pour lui un immense plaisir de voir qu'elle le faisait pour le contenter et non par crainte.

Quel chemin parcouru ces huit derniers mois, depuis qu'elle avait été sauvée. Personne ne pourrait imaginer aujourd'hui, en la regardant, qu'elle avait souffert de négligence et de violences extrêmes au cours de ses premières années de vie. Elle avait grossi, ses côtes ne pointaient plus sous sa peau. Sa robe, terne et en désordre alors, brillait maintenant de tout son éclat. Sa crinière et sa queue qu'il avait patiemment démêlées pendant des semaines, alors qu'il essayait méthodiquement de gagner sa confiance, flottaient à chacun de ses mouvements. Il avait attendu des mois avant de s'approcher d'elle avec une selle et des brides et encore plus longtemps avant de la monter. Elle n'était pas prête. Mais il lui avait paru évident ces dernières semaines qu'elle avait été dressée avant d'atterrir chez ce fumier qui l'avait pratiquement fait mourir de faim. La douceur qu'il avait perçue sous la peur était ressortie comme des jonquilles au printemps, et Sebastian s'était étonné de constater que son tempérament n'avait pas été brisé.

C'était ça, le plaisir et la magie de son travail, travail qui l'avait sauvé alors que lui-même était brisé.

Un mouvement rapide sur la barrière altéra l'allure de Ginger. Sebastian vit la jeune palefrenière grimper pour mieux observer.

— Elle est superbe.

À quinze ans, Ari était brillante, enthousiaste et passionnée par les chevaux. Depuis le printemps, elle travaillait à l'écurie en échange de leçons d'équitation supplémentaires, elle faisait donc partie du quotidien de Sebastian.

— Oui, elle progresse, convint-il en la mettant au pas.

— Je peux la monter ?

Sebastian la fixa. Tous les chevaux qu'il avait sauvés présentaient des problèmes comportementaux sur lesquels il travaillait depuis leur arrivée à la ferme, beaucoup ne faisaient pas partie du groupe qu'il utilisait pour ses leçons.

Ari unit le geste à la demande et prit une expression attendrissante.

— S'il te plaît, un tout petit instant ? Je pourrais rester à la longe.

Il réfléchit. Elle s'était révélée une cavalière compétente, prête à écouter les instructions et accepter les corrections, et Ginger devenait une monture douce et obéissante. Elles devraient s'entendre.

Alors qu'il réfléchissait, la jument se contracta sous lui et commença à s'agiter, ses oreilles frémissant d'agitation, puis il entendit ce qui provoquait son agitation.

Le tonnerre.

Il gronda dans la plaine, rebondit sur les montagnes qui bordaient ce petit coin de paradis. Lorsque Ginger donna un léger coup de reins et se tortilla, se mettant au travers de la carrière, Sebastian ne prêta plus attention à Ari, entièrement accaparé par la jument.

— Tout doux, ma belle.

La tension était palpable autour d'elle lorsqu'il la redressa. Elle s'ébroua sous lui, les narines palpitantes alors qu'il la retenait pendant que le tonnerre grondait à nouveau. La façon dont elle balançait la tête, les yeux révulsés, montraient clairement qu'elle combattait entre son instinct de fuir et le désir de le satisfaire. Les orages étaient un élément déclencheur pour elle, et le seul moyen de surmonter cet obstacle était de l'utiliser pour qu'elle l'affronte. L'automne ayant été exceptionnellement sec, ils n'avaient guère eu la possibilité de travailler là-dessus, il devait donc profiter de l'occasion lorsqu'elle se présentait.

Il combattit contre les peurs de la jument pendant vingt bonnes minutes, continuant à la mener en main malgré l'orage qui menaçait. L'anxiété de Ginger était palpable, et Sebastian décida de faire appel à ses propres émotions, sachant qu'elle se calquerait sur lui. Il devait juste lui rappeler d'avoir confiance. Lorsqu'elle hésitait, il la convainquait par la douceur, lorsqu'elle s'agitait, il lui rappelait de le suivre. Lorsque des grosses gouttes commencèrent à s'écraser, il la retint pour pouvoir mettre pied à terre. Il s'approcha et posa une main sur son cou frémissant.

— Tout va bien, tu vas bien.

Ginger resta immobile, même si ses muscles tendus trahissaient son envie de fuir. Il enleva la selle en vitesse, la déposa sur la barrière et conduisit la jument dans le pré voisin. Ce n'est que là qu'il démonta la bride, la libérant complètement. Elle détala au roulement de tonnerre qui suivit, rua et galopa en faisant un grand cercle dans le pré sous l'œil des autres chevaux. Quelques-uns se dirigeaient vers un abri à trois parois pour s'abriter de la pluie.

Ari le rejoignit, elle était encapuchonnée, les mains enfouies dans les poches de son manteau pour lutter contre le vent froid de décembre.

— Tu penses qu'elle arrivera à vaincre sa peur des orages ?

— Un jour, peut-être. Ce n'est pas pour demain. Il ne savait pas à quoi était due cette panique extrême, mais il s'était vite rendu compte que la garder à l'écurie n'était pas une solution. Et c'était un pur miracle si elle ne s'était pas cassé une jambe en paniquant, la fois où il avait essayé de l'y laisser. En général, le troupeau se comportait mieux lorsqu'il n'était pas confiné.

Sebastian et Ari suivirent Ginger des yeux quelques instants, en attendant qu'elle évacue sa première attaque d'angoisse. Il ne pouvait s'empêcher de s'inquiéter ou de sentir la culpabilité qui l'assaillait. En faisait-il assez ? N'aurait-elle pas dû progresser davantage ? C'était inutile. La jument progressait à son rythme. Il n'y a que vingt-quatre heures dans une journée, et en fait, il consacrait beaucoup d'heures au manège. C'était un mal nécessaire, un mal qui, espérait-il, permettrait à son programme de réadaptation de s'autofinancer. Mais là non plus, ce n'était pas pour demain. Pour le moment, il devait passer plus de temps avec des élèves et moins de temps à consacrer aux soins. Même si les progrès étaient lents, c'était mieux que rien.

— Je t'aide à nettoyer ? demanda Ari.

— Je ne dis pas non. Sebastian souleva la selle pendant qu'Ari attrapait la bride, puis ils se dirigèrent vers l'étable.

— On vient te chercher ?

— Logan va passer. Tu es sûr que ça va ? Je ne serai pas là pendant quelques jours.

Sa sincérité l'amusa.

— Ce n'est pas tous les jours que ta tante se marie. Ça ira.

Logan a trouvé des aides supplémentaires pour faire le travail pendant qu'Athena et lui s'absentent.

L'intéressé pointa son nez alors qu'ils étaient en train de ranger le matériel dans la sellerie.

— On va se prendre une belle averse !

— Ouaip, acquiesça Sebastian. Le plus gros devrait passer avant la fin de la soirée.

Logan passa un bras autour de sa future nièce.

— Tu as fini, mon chou ?

— Je dois prendre mon sac à dos à la maison.

Il secoua la tête.

— Vas-y. Je voudrais que tu sois rentrée avant que l'orage n'éclate.

Comme il s'attardait après le départ d'Ari, Sebastian comprit qu'il avait quelque chose en tête.

— Un problème ?

— En fait, je voudrais te demander un service.

— Je dois m'occuper d'autre chose pendant votre lune de miel ?

— Pardon ? Non, pas du tout. C'est pour le mariage. Nick, mon ami de fac, est l'un de mes garçons d'honneur, il ne peut pas venir, son père a eu une crise cardiaque ce matin.

— C'est terrible. *En quoi ça me regarde ?*

— Oui. Il devrait s'en sortir, mais Nick ne veut pas le laisser seul, et de ce fait, il me manque un garçon d'honneur. Je me demandais si tu n'accepterais pas de le remplacer.

Sebastian écarquilla les yeux.

— Tu veux que je vienne à ton mariage ?

Logan esquissa un sourire.

— Je sais, c'est à la dernière minute, et puis il y a le smoking et tout le reste. Mais tu es un ami pour moi, et tu as pratiquement la carrure de Nick.

Sebastian n'était pas vraiment emballé par l'idée de se

retrouver au milieu des festivités du mariage. C'est pour cela qu'il travaillait avec des chevaux plutôt que des personnes. Mais il devait beaucoup à Logan.

Cet homme avait pris une poignée de chevaux, par envie et parce qu'il avait la place. Mais il était déjà très occupé à gérer tous les impondérables de son exploitation biologique, il avait besoin d'être aidé. Pour faire plaisir à Porter, leur ami commun, Logan avait chargé Sebastian de s'occuper des chevaux, lui donnant ainsi un travail, une maison et une raison d'être, ce qui lui avait fait cruellement défaut depuis qu'il avait quitté l'armée. Il soutenait pleinement le projet de sauvetage de chevaux de Sebastian et il était allé jusqu'à y consacrer une bonne partie du terrain et même la grange d'origine de Maxwell Farms. Ils s'étaient liés d'amitié au fil de ces onze mois en travaillant ensemble pour faire de la grange une écurie fonctionnelle. Il avait soutenu Sebastian dans ses moments les plus sombres et Sebastian était touché d'être invité à partager le plus beau jour de sa vie.

— Ce sera un honneur, mon vieux.

Il poussa un soupir de soulagement.

— Tu me sauves la vie.

— Athena ne me semble pas être le type qui se préoccupe s'il n'y a pas un nombre pair. La chef étoilée se concentrera davantage sur les plats, du moment qu'ils se marient.

— Pas elle, ma mère. Personne n'a envie de l'entendre se plaindre que les règles de bienséance n'ont pas été respectées.

Visiblement, Logan était très éloigné de cette branche de l'arbre généalogique.

— Qu'est-ce que je devrais faire ?

— La répétition est à seize heure trente, demain, à l'église méthodiste. Puis nous nous rendrons tous à l'auberge pour la répétition du dîner. Je m'arrangerai pour que tu aies le smoking avant d'y arriver. Puis il suffira d'être là samedi à treize heures pour les photos, avant la cérémonie et de t'attarder au mariage et à la réception qui suit. Lorsque les dernières photos de groupe auront été prises, tu seras libre comme l'air.

— J'avais prévu, de toute façon, d'assister au mariage et à la réception. Il avait un faible pour les pièces montées, et le bruit courait que c'était le chef pâtissier d'Athena à son ancien restaurant de Chicago qui allait préparer le gâteau nuptial.

— Génial, je ne sais comment te remercier, dit Logan en lui tendant la main.

— Je le fais volontiers. On se voit à seize heures trente, demain !

Alors que Logan se dirigeait vers la maison pour prendre Ari et la raccompagner, Sebastian se passa la main dans la barbe, notant qu'elle était plutôt hirsute. Ses chevaux se moquaient pas mal de son aspect, mais la voix de sa mère résonnait toujours dans sa tête pour lui rappeler les bonnes manières. Il devrait s'arranger comme toute personne civilisée.

LAUREL ÉTAIT TRÈS EN RETARD.

Elle savait bien que son frère ne l'excommunierait pas de la cérémonie, et il lui semblait que sa future épouse non plus. En revanche, sa mère devait être en train de faire un caca nerveux, et personne ne voulait vivre ça.

Elle s'était organisée pour sortir de son appartement de Nashville suffisamment tôt, compte tenu du trajet de quatre heures. Mais c'est à ce moment que « l'Appel » était arrivé. L'offre officielle de Carson, Danvers, Herbert, et Pike up à New York. Roger Pike en personne l'avait appelée pour lui dire que tous étaient ravis de l'avoir, comme si c'était évident qu'elle accepterait la proposition, si elle obtenait son diplôme et réussissait à l'examen du barreau. Cela aurait dû être le cas, les avocats débutants ne refusaient pas, en principe, les propositions d'un des cinq meilleurs cabinets du pays, en plus avec un salaire de départ comme celui que Pike lui avait sorti. Il avait fallu toute la faconde de Laurel pour tergiverser. Puis elle avait encore perdu du temps pour se calmer, après la crise hystérique post-appel et enfin, elle s'était mise en route.

Elle était suffisamment stressée à l'idée de voir ses parents ce week-end, pas besoin que s'ajoute l'offre de travail pour compliquer les choses. Elle ne pouvait pas le leur dire, de toute façon, elle ne l'aurait pas fait même si elle avait accepté. C'était le week-end de Logan et d'Athena, elle n'était pas là pour essayer de faire plaisir à son père. Mais à chaque kilomètre de montagne franchi, elle sentait ses épaules qui se raidissaient et son estomac qui se retournait.

Et si Pike l'avait dit à papa ? Ils avaient travaillé ensemble bien avant que le père de Laurel n'ouvre son cabinet. Elle ne pensait pas que c'était du népotisme, son classement à l'université Vanderbilt était explicite. Néanmoins, elle savait que les contacts avaient leur importance. Elle savait aussi que si elle déclinait cette offre, cela provoquerait une onde de choc aux répercussions considérables. La priorité était donc d'étouffer la nouvelle afin que Logan et Athena aient un mariage sans drame. Et si papa était au courant, eh bien elle trouverait le moyen de le faire taire pour que le week-end ne tourne pas à l'aigre.

Elle finit par se garer sur le parking de l'église méthodiste unie dans la petite ville d'Eden's Ridge dans le Tennessee, avec au moins quarante-cinq minutes de retard. Laurel enfila sa Mini Cooper dans un espace libre et prit quelques secondes pour passer une brosse dans ses cheveux et prendre deux antiacides dans son sac avant de piquer un sprint jusqu'à l'entrée sur ses talons confortables. Elle s'arrêta dans le vestibule pour reprendre son souffle. Pour Rosalind Maxwell, faire une entrée hors d'haleine viendrait s'ajouter au retard déplacé de Laurel.

Derrière la double porte qui ouvrait sur le sanctuaire, elle entendit le murmure des voix. Zut, ils devaient déjà être en train de conclure, ça ne leur avait pas pris beaucoup de temps pour s'entraîner à monter l'allée. Quand elle estima pouvoir parler sans haleter - il faudrait vraiment qu'elle trouve le temps de reprendre la gym, le trimestre prochain - Laurel entra. Les voix s'arrêtèrent et tous les yeux se tournèrent vers elle. Elle résista à l'envie de faire le dos rond, marqua une pause sur le seuil, se redressa, les épaules en arrière, toute sa préparation comme débutante lui revenant à l'esprit.

Quand il faut y aller, il faut y aller.

— Désolée, je suis en retard. Il y a eu un carambolage sur la I-40, à la sortie de la ville. Les mensonges glissaient de sa bouche. Les accidents de la circulation faisaient partie des excuses acceptables pour ses parents. Elle les voyait s'agiter sur leur banc à l'avant, une moue désapprobatrice barrait le joli visage de sa mère. Laurel prit une expression neutre et s'élança à grands pas dans l'allée vers le cortège nuptial.

Logan, tout sourire, abandonna sa position à l'autel, ses longues jambes avalant les derniers mètres qui les séparaient, pour l'enlacer avec force.

— Content de te voir, Pip.

Elle ne prit pas la peine de lever les yeux au ciel en entendant son petit nom d'enfant, diminutif de Petiote. Même perchée sur des talons, son frère se courbait vers elle. Elle se blottit dans ses bras, s'imprégnant de son calme inné.

— Moi itou, frérot.

Il l'attrapa par les épaules, et la dirigea vers l'avant.

— Les amis, je vous présente Laurel, ma sœur.

Elle les salua de la main. Pendant toutes les présentations, elle sentit les regards pleins de reproches de ses parents.

— Tu te souviens d'Athena, voici ses sœurs, Maggie, Kennedy et Pru. Et tu vois cette jeune fille au sourire doux et romantique, c'est Ari, la fille de Pru. Elle aime jouer les entremetteuses, tu es avertie !

— Peut-être, mais à en juger par le lieu, c'est une réussite à cent pour cent, lança Ari.

— Mais je ne pense pas que ce soit tout grâce à toi, précisa Kennedy.

La jeune fille croisa ses bras.

— Et qui est-ce qui vous a fait la leçon quand vous faisiez les imbéciles ?

Pru adressa à sa fille un regard tendrement réprobateur.

— Ce qu'elle veut dire, c'est que c'est une petite peste éternellement romantique.

— Je ne regrette rien, coupa l'adolescente.

Logan l'ébouriffa.

— C'est noté, petite peste. On continue. Voici Cayla Black, notre organisatrice de mariage, mon ami Porter Ingram et tu te souviens de Xander.

Comment aurait-elle pu l'oublier ? L'ancien colocataire de son frère, à l'université, était toujours aussi sexy, mais il était aussi et surtout très marié. Avec Kennedy, si sa mémoire était bonne. Ils avaient flirté au lycée, il y a très longtemps et la vie leur avait donné une seconde chance.

— Je suis contente de te voir à nouveau, Xander. Et félicitations pour ton mariage.

— Merci, tu as grandi ! dit-il en l'étreignant rapidement.

— Eh oui, le temps passe. Je suis prête pour devenir un membre productif de la société et tout le tintouin.

— C'est ce qu'on m'a dit. Je n'aurais jamais pensé que tu ferais du droit quand tu étais plus jeune.

Laurel sentit son visage se crisper alors qu'elle se forçait à sourire.

— Il faut de tout pour faire un monde.

Logan poursuivit les présentations.

— Et voici Flynn, le mari de Pru.

Flynn acquiesça, son expression était tout aussi espiègle que celle de sa fille.

— Tout le plaisir est pour moi, il la salua avec un accent irlandais à couper au couteau.

— Et voici Lindsay Moses, le Maître des Glucides, l'acolyte d'Athena. Moses est l'artiste génial à qui l'on doit notre gâteau.

— Je suis sûre que tu es l'homme le plus populaire de la soirée, lui dit Laurel.

Ses dents étincelèrent de toute leur blancheur sur son visage d'un mordoré luisant.

— Mon but est de plaire.

— S'il te plaît, dis-moi qu'il y aura du chocolat. Elle joignit les mains en signe de prière.

Moses fit un geste de la tête dans la direction d'Ari.

— Miss trois pommes a déjà passé commande. Il y aura du chocolat, confirma-t-il.

—Tu es Dieu sur terre, dit Laurel, le poing levé. Le gâteau au chocolat compenserait le stress qu'elle avait enduré ce semestre.

— Et pour la fin, ton cavalier, Sebastian Donnelly.

Laurel se retourna vers le dernier garçon d'honneur et sentit que son sourire faussement cajoleur disparaissait. Elle se bloqua, la main vaguement tendue, lorsque son regard croisa deux yeux d'un marron profond. Sa respiration se figea et son cœur ralentit.

Son épaisse chevelure sombre était presque ébène et légèrement ébouriffée, comme s'il s'était coiffé avec les doigts, en sortant de la douche. De larges épaules surmontaient une taille fine et des jambes interminables. Sa chemise toute boutonnée tirait au niveau de ses bras, trahissant la présence des muscles sous le coton, et elle était prête à parier qu'il avait aussi des abdos en béton.

Il avança vers elle et saisit sa main.

— Salut.

Lorsque ses longs doigts rugueux se resserrèrent sur les siens, elle put respirer à nouveau. Il dégageait une telle sérénité que d'un seul coup, la frénésie, le stress et l'anxiété qui étaient son quotidien, se dissipèrent. Son souffle se mua en un soupir, la tension accumulée dans ses épaules disparut. Son pouls qui s'était ralenti, s'emballa. Tous les échanges de civilités possibles avaient déserté son cerveau, n'y laissant qu'une seule pensée : *bordel, tu es drôlement canon !* Mais ça, elle ne pouvait pas vraiment le dire. *Des mots, j'ai besoin de mots. C'est censé être mon fort.* Se creusant la tête pour trouver quelque chose à dire, elle lâcha :

— Qu'est-il arrivé à Nick ? Nick, ce benêt binoclard, qui lui faisait des câlins et ne la branchait pas du tout.

— Son père a eu un infarctus, Sebastian le remplace, expliqua Logan.

— Il va bien ? La question vint toute seule, ouf ! Elle était redevenue normale.

— Oui, il a été opéré et s'est réveillé, il y a quelques heures.

— Tant mieux, murmura-t-elle.

Sebastian tenait toujours sa main, il n'avait toujours pas détourné le regard. Pourquoi n'avait-il pas bougé ? Et elle non plus, pourquoi ? Leurs mains semblaient dégager de la chaleur, elle voulait s'en imprégner.

Nulle anomalie en elle. Ces dernières années, elle s'était dit que Devon avait raison. Le dernier type avec qui elle avait essayé de sortir durant sa première année de droit l'avait accusée d'être un robot. Elle était motivée et concentrée, toute prise par son projet de rester la première de la classe pendant cette année de bizutage, et les rencontres et le sexe n'étaient pas ses priorités. Depuis, personne ne l'avait intéressée. Mais se retrouver là, main dans la main avec Sebastian Donnelly, elle sentit son intérêt se ranimer comme un fourneau qu'on rallume. La chaleur l'envahit, elle espéra de toutes ses forces ne pas être devenue rouge comme une tomate.

Un coin de sa bouche tressaillit comme s'il savait que son cerveau ne tournait pas rond. Bon sang, on devrait interdire à un homme d'avoir des lèvres aussi sensuelles ! Le contraste avec sa barbe soignée et taillée de près titilla ses parties intimes engourdies, elle ne put s'empêcher de se demander quelle serait la sensation de sa barbe sur la peau délicate à l'intérieur de ses cuisses.

— Voilà pour les présentations, ça vous va de répéter une dernière fois, pour que Laurel soit au courant, puis nous aurons le dîner de répétition ?

Laura reporta son attention sur Cayla, et retira sa main. Elle résista à l'envie de la glisser sous son bras pour savourer les picotements, là où il l'avait touchée. Ses joues étaient en feu.

Grands dieux, quand est-ce qu'elle avait ressenti une telle attraction ?

Probablement jamais, se dit-elle en suivant les autres demoiselles d'honneur dans le vestibule.

Elle écouta distraitement l'organisatrice de mariage débiter ses instructions. Une partie d'elle était restée au sanctuaire, vivant à nouveau la sensation de la main de Sebastian sur la sienne. Ce n'était pas sa chaleur qui l'attirait, même si elle l'avait surprise, mais sa sérénité. Le même genre de calme que son frère avait toujours dégagé... mais beaucoup plus, différemment. C'était rare et précieux, cette sensation l'ensorcelait bien plus que des sirènes. Elle prit sa place dans le cortège qui descendait l'allée, se demandant ce qu'elle devait faire pour qu'il y ait un bis.

2

La nourriture était fantastique. Sebastian se dit que c'était normal puisque la future mariée était une cheffe et qu'elle s'était adressée à l'un de ses copains chefs pour s'occuper du dîner de répétition. On pouvait dire que ça dépassait de loin ce qu'il touillait et avalait debout dans la cuisine de son petit bungalow. A l'armée, on lui avait fourré dans le crâne que la nourriture était un carburant. Mais cet assemblage magique de bœuf et de légumes, provenant sûrement de l'exploitation de Logan, Maxwell bio, était du plaisir à l'état pur. Sebastian se demanda s'il en restait en cuisine.

Xander s'écarta de la table.

— Avant de passer au dessert, nous aimerions offrir à Athena et Logan, un cadeau de mariage, de la part de toute la famille.

— En voilà une bien bonne, murmura Ari, assise à côté de Sebastian.

Elle bondit littéralement sur sa chaise, ses grands yeux marron pétillant de moquerie. Le voyant soulever un sourcil, elle lui fit signe de se taire, un doigt sur ses lèvres.

Lorsque Xander revint en portant un gros colis plat, emballé dans du papier marron, Logan s'affala dans sa chaise.

— Qu'est-ce que tu mijotes, général ?

Xander, l'air faussement impassible, brandit un paquet étroit qui devait mesurer soixante centimètres sur quatre-vingt-dix.

— Venez voir tous les deux !

Après avoir échangé un regard, les futurs époux abandonnèrent leurs assiettes presque vides pour l'examiner.

Logan prit l'objet, glissant son doigt sur les côtés.

— On dirait un cadre.

— Ton esprit de déduction est infaillible, déclara Kennedy. Une maison ne peut être considérée comme telle qu'avec un peu d'art, et nous avons tous pensé que cela apporterait beaucoup dans votre salon.

Athena jeta un regard dubitatif à Maggie et Pru.

— Vous y avez participé ?

— Oui, répondit Maggie

Alors, c'est sûrement de bon goût. Athena l'attrapa et déchira brusquement l'emballage.

De sa place, Sebastian ne pouvait voir le tableau, mais le visage d'Athena se figea, sous le choc. Logan finit d'enlever le papier, dévoilant un cadre en bois, lourd et élégant. Il plissa les yeux plusieurs fois, sa bouche tremblait.

— Eh bien, qu'attendez-vous ? demanda Porter, montrez-le à tous.

Logan tourna le cadre. La photo, à l'intérieur de l'encadrement fait sur mesure, le représentait avec Athena devant la maison qu'ils occupaient sur l'exploitation. Logan tenait une fourche, Athena était à sa gauche, elle portait une veste de chef, les cheveux tirés en un chignon, et une grimace sur le visage. Était-ce... de la farine qui recouvrait son nez et ses cheveux ? Quelque chose avait grisaillé son balayage habituellement châtain. La photo avait été retouchée pour que ce soit un gag, tournant en dérision l'agriculteur et la chef.

— Je vous sers de l'Eden's Ridge Gothique, annonça Xander.

Logan ne se retint plus, il éclata de rire, ainsi que tous les convives, excepté ses parents. Les sourcils de Lawrence Maxwell s'affaissèrent en signe de totale désapprobation et la consternation se lisait sur le visage de sa femme.

Sebastian se dit que Logan était soit un extra-terrestre, soit il avait été adopté. Qu'importe, il était très différent de ses parents. Sa mère était une femme guindée de la bonne société. Sébastian connaissait bien le genre. Il en avait vu très souvent, dans son enfance au Kentucky, généralement au bras d'un homme riche, qui payait quelqu'un comme sa mère pour s'occuper de leur fameuse course hippique. Son mari devait être habitué à commander. Cet après-midi, il avait vite compris que l'homme n'approuvait pas la petite cérémonie familiale qu'Athena et Logan avait choisie, ni leur décision de ne tenir ni le dîner de répétition ni la réception dans un Country Club. Tout, à part la cérémonie, se tenait dans la famille d'Athena, dans leur auberge, le Misfit Inn. Il était tout aussi évident que Logan, simple et détendu, s'en fichait éperdument. Il était heureux de sa vie et de la femme qu'il avait choisie.

La future épouse était loin d'être amusée. Elle fusilla Moses du regard.

— Tu m'as dit que tu avais déchiré cette photo.

Le bonhomme replet croisa les bras, nullement repenti.

— Tu crois vraiment que je vais détruire les preuves de la fois où tu as fait de la pâtisserie !

— Tais-toi - elle le menaça de son doigt tendu, ses lèvres tremblaient, tant le fou rire la gagnait - ce qui se passe en cuisine, reste en cuisine.

— Oui, chef, gloussa Moses, s'étouffant à chaque mot.

— Nous avons pensé que vous pourriez l'accrocher bien en vue, au-dessus de la cheminée par exemple, dit Flynn.

L'effet fut immédiat chez les parents Maxwell, qui semblaient indisposés, comme s'ils avaient senti une mauvaise odeur. Si les futurs époux le remarquèrent, ils n'en laissèrent rien paraître.

— Comment avez-vous trouvé quelqu'un qui vous a fait ce collage ? demanda Logan.

— J'ai une adresse, reconnut Maggie.

Alors que les plaisanteries fusaient, Sebastian posa le regard sur Laurel. Elle était plus guindée que son frère mais pas aussi collet monté que leurs parents. Elle avait l'air d'une femme qui avait besoin de se laisser aller. Dans d'autres circonstances, Sebastian n'aurait pas hésité à l'aider à le faire. Elle avait fait bonne figure à la répétition, toujours la bonne formule de courtoisie en arrivant. Mais elle était tendue comme une corde, vibrant de tension. Et exactement comme l'un de ses chevaux, elle s'était calmée à son contact. Ça le fascinait pour des raisons qui le dépassaient. C'était une fascination qu'il ne pouvait se permettre, même s'il y avait eu un déclic entre eux. Laurel était la sœur de Logan, son ami et son employeur, deux bonnes raisons pour ne rien entreprendre. Il devait trouver toutes les raisons possibles car Laurel Maxwell était une créature splendide aux yeux blessés, et ça, c'était sa kryptonite.

Laurel retroussa les lèvres en un sourire tranquille alors qu'elle regardait son frère et Athena qui plaisantaient avec leurs amis et la famille. Ses yeux débordaient d'affection, Sébastian en déduisit qu'elle ne partageait pas les réticences de ses parents à l'égard du choix de Logan. Sebastian se demanda si elle jalousait un peu la décontraction du clan Reynolds, par rapport à sa famille. Ça n'avait pas dû être facile de grandir dans une telle famille avec ces parents et leurs attentes exagérées.

En quelques instants, les tables furent débarrassées et l'on servit le dessert. À la première bouchée, Sebastian oublia un instant où il se trouvait. Cette délicatesse crémeuse au chocolat était paradisiaque. Mince, s'il continuait à fréquenter des chefs, il ne pourrait plus revenir à une alimentation normale.

— J'aimerais porter un toast, dit Lawrence en levant son verre.

Les conversations s'interrompirent et tous les regards convergèrent vers lui. Comme tous les autres, Sebastian leva son verre. Il espérait que le type n'allait pas s'éterniser, il voulait retourner à son dessert.

— À ma petite fille.

Qu'est-ce que c'est que ce bordel ?

Sebastian regarda Laurel, qui ne montrait plus aucun signe de joie, les lèvres serrées en une grimace.

— Elle est travailleuse, c'est une étudiante hors pair. Elle sortira à la tête de sa promotion à l'école de droit de l'université Vanderbilt.

Les doigts de Laurel se crispèrent autour du pied de sa flûte, et deux grosses taches rouges lui mangèrent les joues. Elle savait comme tous les présents que ce n'était ni le moment ni l'endroit pour tenir un tel discours.

— Papa, qu'est-ce que tu es en train de faire ? murmura-t-elle.

Il est en train de dénigrer le choix de ton frère de devenir agriculteur, voilà ce qu'il fait. Sebastian serra les dents, il savait bien que Logan ne voulait pas qu'il y ait de scènes, il aurait voulu faire quelque chose pour que ça s'arrête.

— Aujourd'hui, son dur labeur a enfin porté ses fruits. Elle a décroché un travail chez Carson, Danvers, Herbert, et Pike à New York, et je sais qu'elle fera de grandes choses.

Elle avait le dos raide comme un piquet, les dernières traces de détente avaient disparu comme par enchantement, son visage avait une expression d'abattement.

— Je n'ai pas accepté la proposition, et ce n'est pas...

— Mais tu vas accepter. Roger est ravi de t'avoir dans son cabinet.

Dans la salle, les convives gigotaient sur leur siège. Laurel était au-delà de la gêne. La rougeur de ses joues s'estompa alors que son père continuait à parler. La peau semblait s'être rétrécie sur ses pommettes, rendant son visage plus anguleux, quelques gouttes de transpiration perlaient au-dessus de ses sourcils. Sebastian ne la quittait pas des yeux, il sentait son propre pouls s'emballer lorsqu'il remarqua que la respiration de Laurel s'accélérait et devenait superficielle.

Logan entra en scène, le verre levé.

— À ma brillante petite sœur, qui n'est plus si petite. Nous sommes particulièrement fiers de toi, et te souhaitons de réussir dans tout ce que tu entreprends.

Lorsque la salve d'applaudissements gênés cessa, Laurel s'écarta de la table.

— Excusez-moi.

Sebastian compta les secondes pendant que quelqu'un se lançait dans une joute oratoire sur le dessert, essayant de rattraper la soirée. Lorsqu'il arriva à une minute, Sebastian quitta sa chaise sans un mot à la recherche de Laurel.

LAUREL TITUBA DEHORS, dans le froid de la nuit. Tout était trop oppressant, trop chaud dans l'auberge, et elle avait besoin d'espace pour se remettre les idées en place.

Papa savait pour l'offre, Pike lui en avait probablement parlé. Pour tous les deux, il était évident qu'elle allait accepter. Elle renonçait pratiquement à sa vie en postulant pour ce poste. Elle ne l'avait réalisé qu'après coup.

Une douleur fulgurante déchira sa poitrine. Laurel essaya de respirer, en vain. Un poids de cinq cents kilos comprimait son thorax, l'empêchant de se soulever et de se baisser. Elle posa une main sur son sternum en appuyant et en massant, pour soulager la douleur. Mais ça ne fonctionna pas, pas comme d'habitude. Elle avait eu des crises plus légères auparavant, et ça finissait par passer. Mais là... c'était beaucoup plus violent. Sa vision commençait à s'obscurcir, bon sang, allait-elle gâcher davantage le mariage de son frère en ayant un accident cardiaque parce qu'elle n'avait pas pris le temps pour un check-up, ce semestre ?

Des mains chaudes et puissantes enserrèrent ses bras par l'arrière. Sebastian. Laurel ne s'étonna pas de le reconnaître à son seul contact, sans qu'il dise mot. Il la guida vers l'une des chaises sur le porche panoramique de la maison et la fit asseoir.

— Assieds-toi avant de tomber. Tu dois respirer.

Ses jambes se replièrent comme les pattes d'un poussin.

— C'est ce que je n'arrive pas à faire, dit-elle dans un râle.

Il s'agenouilla devant elle, ses mains puissantes encerclaient ses poignets, la pointe de ses doigts posés sur ses points de pulsation. Son contact était électrique, même au milieu de... n'importe quelle crise.

— Regarde-moi, sa voix était ferme et douce.

Laurel leva les yeux vers lui, elle se réjouit un instant d'arriver à le regarder tout son soûl sans se sentir gênée. Elle avait eu suffisamment d'embarras pour la soirée.

La lumière du porche projetait de légères ombres sur le visage de Sebastian, dessinant davantage la ligne de ses pommettes sur sa barbe coupée court. Les doigts de Laurel fourmillaient d'envie de toucher cette barbe, de voir si les poils étaient doux ou drus. Ses yeux étaient noirs et s'intéressaient seulement à elle. Elle se demanda ce qu'on devait ressentir en étant le centre de cet intérêt hors urgence médicale.

— Respire en même temps que moi. Inspire, expire. Il inspira lentement, ses larges épaules se soulevèrent.

Elle fit de même, la pression insupportable sur sa poitrine s'atténua légèrement. Ils expirèrent ensemble, lentement, puis recommencèrent. À chaque inspiration, il lui semblait qu'elle avait plus d'oxygène. À chaque expiration, elle remarquait plus de détails de lui. La largeur de ses épaules, le contour de son torse bien défini, visible à la façon dont sa chemise tirait à ce niveau-là. La puissance réprimée dans ce corps à ses pieds, quelque chose dans cette force contenue la retourna, la chamboula. Ou étaient-ce ses pouces à lui qui frottaient l'intérieur de ses poignets, en envoyant des ondes électriques dans le haut de ses bras ? Il était beaucoup plus agréable de penser à cette sensation qu'à la douleur dans sa poitrine, elle se concentra exclusivement sur les frissons en s'imaginant ce que ce serait s'il ne se limitait pas à ses poignets.

— Tu as souvent des crises de panique ?

Laurel sursauta, tirée de sa semi-rêverie.

— Des crises de panique ? Je n'ai pas de crises de panique.

— Douleur thoracique, difficulté à respirer, accélération du pouls, peau moite, nausée peut-être, vertiges. Qu'est-ce que tu en dis ?

Peau moite ? Laurel, gênée, se demanda si elle devait retirer ses mains. Mais elle les laissa et répondit à la question. Bien vu... mais... je ne me sens pas anxieuse. Je n'ai peur de rien.

— L'anxiété se manifeste de différentes façons.

Elle fit une grimace.

— Tu fréquentes mon frère de trop près. Logan, son grand frère brillant qui avait résisté aux attentes familiales et s'était diplômé en psychologie clinique avant de tout envoyer paître et de devenir agriculteur biologique.

— Comme il aime répéter, le thérapeute se voit sur le terrain... Sebastian le dit avec cette nonchalance qui laissait entendre qu'il avait bénéficié des séances de consultation de Logan. Quelque part, ça rendait les choses plus faciles.

— Oui, oui, mais je ne comprends pas pourquoi ça me prendrait maintenant.

Sebastian inclina la tête, ses yeux noirs la scrutaient.

— Être instrumentalisée pour dénigrer les projets de ton frère ne facilite probablement pas les choses.

Ce type était drôlement perspicace. Le mariage l'avait fait entrer dans la fosse aux lions, et il avait démonté ces foutues dynamiques familiales en un instant. Laurel grimaça en fermant les yeux, elle espérait effacer ainsi la scène qui tournait encore en boucle dans sa tête.

— Bon sang, papa n'a aucun respect. Je n'arrive pas à croire qu'il ait pu faire une telle chose. C'est le *mariage* de Logan. Je n'ai rien à y voir.

— Pour ce que ça vaut, ce n'est pas toi que les gens jugent.

Laurel ouvrit les yeux à ces mots, elle remarqua la sincérité non feinte dans l'expression de Sebastian.

— Je devrais aller m'excuser pour lui - ça aurait un effet bœuf - mais personne ne critique Lawrence Maxwell.

— Tu n'es pas responsable de ton père, dit-il tranquillement. Pour le reste, j'ai l'impression que tu n'es pas emballée par le poste qu'il pense que tu vas prendre.

C'était un euphémisme. Elle se sentait acculée, les choix conduisaient vers un emploi et une vie qu'elle n'était plus sûre de vouloir, ou devait-elle renoncer aux éloges et à l'estime qu'elle avait conquise par son dur travail pour faire... quoi ? Elle n'était pas comme son frère. Elle n'avait pas d'autre projet. Elle ne connaissait que le droit. C'était la seule voie qu'elle avait envisagée. Et maintenant... maintenant, elle avait l'impression que la porte de la cage venait de de se refermer en claquant et l'emprisonnait.

Cela déclencha la panique à nouveau. Elle la reconnaissait maintenant, après que Sebastian en avait parlé. Sa respiration s'emballa.

Ne voulant pas replonger dans les affres d'une autre crise, elle porta à nouveau son attention sur lui, se concentrant sur cette attirance. Parce qu'il la touchait toujours, frottant doucement ses pouces à l'intérieur de ses poignets. Elle se demanda s'il en était conscient, mais elle l'était, elle, et comment ! Elle voulait plus, avait besoin de plus. Doucement, elle tourna ses mains qu'il tenait afin de pouvoir enlacer ses poignets, les connectant l'un à l'autre. Le pouls de Sebastian sembla cogner contre sa peau. Elle s'étonna de constater qu'il n'était pas aussi lent que ses manières calmes auraient pu laisser entendre.

L'attirance était-elle partagée ?

Avant qu'elle ait pu assimiler cette idée, elle entendit des pas sur le porche. Ari venait de passer le coin de la maison au moment où Laurel retirait ses mains, les enfouissant dans ses genoux.

Ari haussa les sourcils à la vue de Sebastian toujours agenouillé aux pieds de Laurel.

— Désolée de vous interrompre, on m'a envoyée vous chercher.

— Je vais bien, la réponse sortit automatiquement, mais Laurel constata, avec étonnement, que c'était vrai. Elle arrivait à nouveau à respirer, Sebastian avait fait taire son angoisse, pour le moment du moins.

Ari pinça les lèvres alors que son regard passait de Laurel à Sebastian, qui se redressa prestement.

Si vous vous dépêchez, il y a du dessert en rab.

— Qui dois-je battre au bras de fer pour l'avoir ? Sebastian sourit et tendit la main à Laurel.

— Viens, tu n'as même pas mangé la première part.

Elle le laissa la redresser, déçue qu'il lâche sa main. Mais c'était elle qui s'était retirée en premier. L'avait-il observée de près pour savoir exactement ce qu'elle avait mangé ? Qu'est-ce que ça voulait dire ? Alors qu'elle le précédait à l'intérieur, suivant Ari, elle nota ce détail pour l'approfondir plus tard.

3

Sebastian ne trouvait pas le sommeil. Ce n'était pas une nouveauté. L'insomnie était une vieille connaissance, il avait passé tant de nuits blanches, il connaissait par cœur chaque nœud et aubier du plafond en bois, au-dessus de son lit. Mais cette fois, c'était pour une autre raison. Il ne pensait pas à la guerre, à la mort ou à ceux qu'il avait perdus sur le champ de bataille ou après.

Non, il pensait à Laurel Maxwell. La femme absolument inaccessible, qu'il aurait à son bras dans... il regarda le réveil, dans environ quatorze heures.

Il n'avait pas réussi à éviter de la suivre dehors. Il n'avait pas pu s'empêcher d'intervenir pour effacer l'angoisse qu'il avait perçue clairement dans ses yeux. La vulnérabilité le touchait beaucoup plus que le flirt. Il n'arrivait pas à ignorer quelqu'un de fragile. Il était donc intervenu, l'avait touchée, avait respiré avec elle, se perdant dans ses grands yeux noisette. Et maintenant, il ne pouvait s'empêcher de se souvenir de ses poignets aussi doux que des pétales. La sensation de ses doigts fins s'enroulant autour de ses poignets, établissant une connexion entre eux.

Pas de connexion, il ne pouvait pas y avoir de connexion parce que c'était la sœur de Logan et qu'elle partirait après-demain.

Et pourtant, il n'arrivait pas à oublier ce qu'il avait ressenti lorsqu'elle l'avait regardé avec confiance. Il s'était senti utile, nécessaire, une sorte de reconnaissance qu'il n'avait pas recherchée depuis son départ de l'armée. Il avait voulu, avait senti le besoin de presser sa bouche contre la sienne, de voir ses jolis yeux se refermer, pour s'ouvrir à nouveau, voilés de désir et non d'angoisse. Mais même si elle n'avait pas été la sœur de Logan, il n'aurait pas pu se lancer dans cette aventure. Il ne pouvait pas être une passade du moment, son chevalier éphémère. Il avait connu trop de braves types qui avaient laissé leur complexe de héros les entraîner sur des voies glissantes.

La voie de la folie.

Mais il s'était senti si bien en la touchant.

Irrité, conscient qu'il n'allait pas sombrer dans les limbes du sommeil, il y renonça et s'habilla, glissant ses pieds dans ses boots pour se rendre à l'écurie. Il allait voir ses protégés et évacuer le surplus d'énergie.

Il ne s'attendait pas à ce que la nuit soit aussi fraîche et il se dit qu'il aurait dû amener autre chose que la chemise en flanelle qu'il portait. Son souffle produisait de la buée, à peine éclairée par la lune croissante. Rien ne bougeait dans la nuit. Cette tranquillité extrême le pénétra, éloignant en partie les inquiétudes qui l'assaillaient. Lorsqu'il ouvrit la porte de l'écurie, il se sentait déjà plus calme.

À l'intérieur, tout était chaleureux, rempli des douces odeurs familières du foin et du cuir, accentuées par celles musquées des animaux. C'étaient les senteurs de son enfance, du réconfort. C'est ce qui l'avait sauvé lorsqu'il avait quitté les Rangers. Il ne savait pas que c'était possible ou qu'il l'aurait fait, il ne pouvait que remercier Porter qui l'avait poussé dans cette direction.

Le son d'une voix basse de femme le tira de sa réflexion. Il s'engagea dans l'allée et vit Laurel à l'autre bout qui caressait le museau de Cas. Seul le terme extase convenait pour décrire l'expression du cheval. Lorsqu'elle retira sa main, il lui donna des coups de tête dans la poitrine, qui la firent trébucher.

— On en veut plus !

— C'est Casanova, il pense que l'attention de toutes les femmes est pour lui.

Laurel sursauta et poussa un petit cri.

— Je ne t'ai pas entendu.

— Excuse-moi, il s'approcha d'elle. Que fais-tu ici à cette heure ?

Tout en s'adressant à lui, elle se rapprocha du cheval et se remit à le caresser.

— Je n'arrivais pas à dormir, je suis toujours en mode exam, et je n'ai pas encore convaincu mon cerveau que je n'ai rien à faire.

Il n'était pas persuadé que ce fût la seule raison, mais il se dit qu'elle en parlerait si elle souhaitait le faire, il n'aborda donc pas la question.

— Tu connais les chevaux ! Tant de gens les craignaient mais elle semblait tout à fait à l'aise.

Sur ses lèvres, un sourire éclatant se dessina, un vrai sourire, et pas celui de convenance qu'elle avait arboré durant la soirée. La voilà, la vraie femme. Sans artifice ni carapace, ici devant lui, en pyjama de flanelle et avec un sweat-shirt de l'université Vanderbilt, elle était encore plus craquante que la débutante apprêtée qu'il avait rencontrée, il y a peu.

Danger. Danger, Will Robinson. La phrase de la série, *Perdu dans l'espace*, résonna dans sa tête.

— Oui, il y a très longtemps. J'étais folle des chevaux, comme toutes les petites filles, et mes parents m'ont contentée pendant une période, pensant que ça me passerait. Ils n'ont pas voulu m'acheter mon cheval à moi, c'est donc sur ma liste des choses que je veux faire. Ça fait des années que je ne suis pas montée à cheval.

Il n'imaginait que trop bien le genre de raisons à la noix qu'ils avaient dû lui donner. Ce n'était pas convenable, ce n'était pas féminin. Inutile de toutes les énumérer.

N'eût été la pleine nuit, il aurait sellé un cheval et l'aurait conduite à la carrière. Ça lui manquait, c'était clair. Mais il approcha pour poser la main sur le cou de Cas.

— Ça te rentre dans le sang et tu n'oublies plus.

Elle leva les yeux vers lui, intriguée.

— Tu as dû t'arrêter de monter ?

Sebastian n'aimait pas vraiment socialiser. Il préférait la compagnie des animaux. Et les quelques personnes qu'il fréquentait connaissaient toutes son histoire, ou suffisamment pour en couvrir les grandes lignes. C'était une nouveauté d'être avec quelqu'un qui ne le connaissait pas du tout. Quelqu'un qui n'avait pas d'a priori sur lui ou sur ce qu'il avait vécu. Il pouvait décider quoi lui raconter, le genre de type qu'il voulait être pour ce chassé-croisé d'un week-end.

— Pendant un temps, j'ai eu un travail qui ne me permettait pas de le faire. C'est en reprenant que j'ai réalisé combien ça m'avait manqué. C'était l'euphémisme du siècle !

— Comment t'es-tu intéressé aux chevaux ?

— Grâce à ma mère. Elle travaillait dans l'un de ces élevages de chevaux qui nous viennent à l'esprit quand on pense au Kentucky. J'ai donc grandi au milieu de pur-sang primés, et passé autant de temps à l'écurie qu'à la maison.

Laurel arbora un sourire rayonnant.

— Ça a l'air fantastique.

— C'était formidable, en gros, tant que ça a duré.

Il fut tiré de son obscur cheminement mental par Laurel qui frissonna involontairement.

— Il gèle. Tu devrais rentrer et essayer de dormir. Demain sera une longue journée pour vous, Mesdames.

Elle l'observa un long moment, en grattant distraitement sous la crinière de Cas.

— Je préférerais continuer à parler, à moins que tu ne veuilles aller te coucher.

Ses paroles innocentes mirent son cerveau en mode rêverie, avec elle dans son lit et lui qui découvrait avec précision ce qu'il y avait sous ce sweat-shirt informe. Son corps se réveilla à cette évocation.

Mais non, il devait vite contrôler tout ça, il devait la raccompagner à la maison. Il se rendit à grands pas dans la sellerie, pour prendre une des couvertures qu'il gardait pour les nuits où il veillait des chevaux blessés ou malades. Il secoua la couverture avant de l'enrouler autour des épaules de Laurel, la nouant comme un grand châle. Ce geste la rapprocha légèrement de lui et il sentit la légère odeur délicatement fleurie... de quoi donc ? camomille ? lavande ? Ça lui rappelait les infusions que sa mère avait coutume de boire.

— Merci dit Laurel en tendant les bras pour attraper les coins de la couverture, sa main frôlant la sienne.

— De rien. Il retira la main sans donner l'impression qu'il avait été ébouillanté et indiqua de la tête une pile de balles de foin carrées.

Tu veux t'asseoir ?

— Oui.

Sebastian s'assit en premier, le dos appuyé au mur. Il se rendit presque immédiatement compte de son erreur lorsqu'elle s'assit à côté de lui. Ils ne se touchaient pas, mais il serait facile de tendre la main et d'enlacer ses doigts aux siens. Il fut surpris de constater combien il en avait envie. L'ambiance tamisée de l'écurie à cette heure silencieuse était trop intime. Mais il ne voulait pas s'en aller, retourner dans sa maison vide.

Laurel poussa un soupir long et lourd.

— Tu avais raison.

Il s'arracha à l'envie de la toucher et reprit la conversation.

— Au sujet de quoi ?

— Je ne veux pas de ce poste. C'est papa qui le veut pour moi, c'est ce qu'il attendait de moi dès que je lui ai parlé de mon intention de faire des études de droit. Je ne savais pas qu'il était au courant de la proposition de travail. J'espérais qu'il ne le savait pas, afin d'éviter... ce qui s'est passé.

Il tourna la tête vers elle, ne voyant que trop bien la souffrance dans ses yeux.

— Qu'est-ce que tu voudrais ? C'était une question assez simple, et il doutait qu'on la lui ait posée.

— Survivre à mon dernier trimestre.

Ce n'était pas toute la réponse, sûrement pas la vraie. Il insista juste un peu, pour la faire aller plus loin.

— Mais encore ?

Elle tourna la tête, et quelque chose d'autre chose que la souffrance éclairait son regard.

— Satisfaire ma curiosité.

Sa voix n'était pratiquement qu'un souffle, et il dut se pencher un peu plus pour entendre ce qu'elle lui confiait.

— À propos de quoi ?

— De ça. Elle leva le visage vers lui, réduisant encore la distance entre eux.

Ses lèvres étaient douces contre les siennes, mais elle n'alla pas plus loin. C'était une douce affirmation, et il en resta paralysé. Pendant un long instant, il ne put rien faire, si ce n'est rester assis là, complètement sonné.

Laurel recula, les joues enflammées.

— Excuse-moi, elle détourna le regard, c'était...

Sebastian ne se demanda même pas si c'était sage. Il écouta seulement son désir de sentir son corps, de le savourer. Il glissa les mains dans ses cheveux, encadrant son visage et ramenant le regard de la jeune femme sur lui. Ses yeux étaient pleins d'angoisse et d'espoir timide.

— Une surprise, c'était une surprise. Puis il approcha sa bouche de la sienne.

Elle avança les mains pour encercler ses poignets quand il fit mine de s'écarter. Elle se fondit en lui dans un abandon qui fit voler ce qui lui restait de bon sens. Il était dans un sacré pétrin, mais au diable l'intention de faire marche arrière. Douce. Elle était sacrément douce. Et lorsqu'il inclina la tête, dessinant, de sa langue, le contour de ses lèvres, elle le laissa entrer, se pressant contre lui dans un baiser passionné. Son soupir de plaisir provoqua en lui une réaction immédiate à l'aine. Même s'il se retint de l'attirer immédiatement sur ses genoux, elle bougea pour le chevaucher. Il faillit défaillir de plaisir en la sentant de tout son poids sur son sexe en érection.

Doux Jésus, elle allait l'achever. Sinon, c'est son frère qui s'en chargerait.

La liste des raisons pour lesquelles il ne devait pas le faire fut, pour lui, comme une injection de bon sens. C'était la *sœur* de Logan. La sœur qui ne vit pas ici. Qu'il ne devrait pas - ne pourrait pas - fréquenter.

Il lui fallut toute sa force pour desserrer leur étreinte, et résister à l'envie de la prendre par les hanches et de se frotter à elle. Il s'éloigna, alternant les petits baisers aux mordillements à la commissure de ses lèvres puis il appuya son front contre le sien.

Sa respiration était saccadée.

— Est-ce que ta curiosité est assouvie ?

Lorsqu'elle répondit, la voix de Laurel était étonnamment assurée.

— Je dirais que ça me pose encore plus de questions.

Cherchant à faire de l'humour pour les égayer, il recula pour la regarder.

— La curiosité a tué le chat.

— Mais la satisfaction l'a ressuscité.

— Pardon, il éclata de rire.

— C'est la suite du proverbe. Tout le monde se trompe. Donc pour moi, une curiosité saine est une bonne chose.

Elle lui sourit effrontément. Sebastian se dit qu'il valait drôlement mieux qu'elle ne reste ici que pour le mariage, car c'était une sacrée tentation, une tentation à laquelle il ne pouvait céder.

VIVE LE MASCARA WATERPROOF.
De sa place, en queue du cortège des demoiselles d'honneur, Laurel ne voyait pas Athena qui passait devant chaque invité debout. Mais l'expression sur le visage de son frère en apercevant sa femme lui fit couler des larmes. Il était aux anges, ses yeux brillaient d'un éclat qui n'était pas seulement du bonheur. Sa gorge était nouée, et son sourire était crispé alors qu'il essayait de contrôler ses émotions. Elle espérait que le photographe immortaliserait cet instant afin qu'Athena s'en souvienne toute sa vie.

Qu'est-ce qu'on ressent si quelqu'un vous regarde ainsi ? Comme si vous étiez le soleil, la lune et les étoiles. On devait facilement s'enivrer d'une telle adoration.

Athena regagna le haut de l'allée, radieuse comme toutes les mariées. Elle ne portait pas de voile, et ses longs cheveux châtain étaient lâchés et bouclés, ornés seulement de précieux peignes des deux côtés. La robe fourreau toute simple lui allait à ravir, tout comme le bouquet de calla et feuillage qu'elle arborait.

À côté de Laurel, Ari souriait comme le chat d'Alice au pays des merveilles. De l'autre côté, Pru pleurait déjà et sourit lorsqu'Athena s'arrêta, se penchant pour embrasser la joue de son père, en chaise roulante, qui l'accompagnait, avant de monter à l'autel et de prendre la main de Logan.

Il rayonnait de bonheur et de plaisir. Une partie de Laurel

l'enviait. Il avait résisté à la tradition familiale, il avait suivi sa propre voie, et il était pleinement satisfait de la vie qu'il s'était construite comme peu de gens l'étaient. Tout ce qu'il avait choisi était différent de la vie qu'ils avaient menée en grandissant. Différent de ce à quoi s'attendaient ses parents, ce à quoi ils avaient été préparés. Son bonheur se fondait-il, en partie, sur le rejet de ces attentes implicites et explicites ?

Tout en écoutant, debout dans le sanctuaire, son frère qui prononçait ses vœux de mariage à l'intention de la femme qui était faite pour lui, elle ne put s'empêcher de se demander si sa vie lui réservait plus. Parce qu'elle savait que si elle continuait comme avant, elle pouvait passer à côté de tout ça. Elle n'en aurait pas le temps car elle devrait travailler tout aussi dur, peut-être même davantage pour se faire des associés que pour maintenir son niveau à l'université de droit. Le faire pendant quelques années était une chose, le faire pour la vie ? Ce n'était pas un compromis acceptable.

Son regard glissa sur Sebastian, très 007 dans son smoking. Des épaules larges surmontant une taille fine, il se tenait immobile, bien planté sur ses jambes. Il ne bougeait pas, ne se balançait pas. Cette immobilité, il l'avait apprise à l'armée ou était-ce naturel ? Il ne lui avait pas dit qu'il était un ancien militaire, mais Logan l'avait mentionné quand il l'avait engagé. Elle s'était davantage intéressée aux chevaux que Logan prenait à la ferme, mais maintenant elle se demandait pourquoi il avait tout laissé. S'il sentit son regard, il n'en manifesta rien. Il resta concentré sur Athena et Logan, avec une expression de circonstance.

Laurel ne l'avait pas vu ce matin. Elle ne savait pas s'il l'avait évitée ou si c'était dû à ses obligations, coiffure, maquillage et photos. Elle n'aurait pas pu lui parler tranquillement. Qu'est-ce qu'elle lui aurait dit d'ailleurs ? Une variation de « embrasse-moi ? »

Oh oui, ça lui irait, et même bien plus que ça.

— Je vous déclare mari et femme, vous pouvez sceller votre pacte d'amour par un baiser.

Les paroles du prêtre la ramenèrent à la soirée d'hier soir à la ferme, et Dieu tout-puissant, quel baiser ! Elle n'était pas du genre à prendre les devants. Bon, peut-être l'avait-elle fait pour éviter de parler de la Faculté de droit et du poste parce qu'elle avait peur de vraiment réfléchir à la réponse. Mais surtout, elle voulait savoir comment il était et si ces picotements qu'elle sentait dès qu'il la touchait pouvaient déboucher sur un baiser.

C'était peu dire. Et ça aurait pu promettre beaucoup plus si Sebastian ne les avait pas ralentis. Il lui avait fait perdre la tête, se perdre totalement, c'était à la fois exaltant et dangereux. Il valait mieux que l'un garde une once de bon sens, se dit-elle. Mais ça lui laissait quelque regret. La nuit dernière avait dévoilé le manque total d'intimité et d'affection dans sa vie. Elle était pratiquement réduite à être ce robot auquel Devon l'avait comparée. Elle avait adoré qu'on lui rappelle qu'elle était une femme toujours faite de chair et de sang.

Revenant à la réalité, elle vit clairement le visage de Sebastian. Elle réalisa qu'il l'attendait pour l'escorter à la sortie, elle se mit en marche, le rattrapa et glissa sa main dans le creux de son bras. Ses biceps étaient tendus sous la veste du smoking, et elle dut faire preuve d'autocontrôle pour ne pas glisser sa main sur toute la surface de son bras puissant. Chaque pas à ses côtés était un pur plaisir, elle s'imprégnait de sa présence et de sa chaleur.

Ils arrivèrent beaucoup trop tôt au bout de l'allée et se trouvèrent au milieu du chaos de la fin de cérémonie. Ils se séparèrent, absorbés par leurs obligations respectives. Laurel s'arrêta à la fenêtre, regardant l'entrée de l'église, où Logan et Athena montaient dans la voiture qui les amenait à la réception à l'auberge.

Ari se faufila à côté d'elle et poussa un soupir sonore.

— Les mariages ne sont-ils pas fantastiques ?

Difficile de ne pas être amusée par le romantisme qu'elle affichait.

— Celui-ci oui, je suis heureuse de voir Logan heureux.

— Pense un peu, nous sommes tous ici car ils sont sortis ensemble au mariage de Kennedy et Xander.

Laurel se retint de pouffer.

— Pardon ? Je pensais qu'ils avaient commencé à se fréquenter au printemps dernier.

— Oui, c'est vrai. Mais ils ont flirté d'abord au mariage de Kennedy et Xander. Ari lui lança un regard de connivence.

— Les mariages, ça sert à ça.

La chaleur enflamma les joues de Laurel. Elle savait que l'adolescente attendait qu'elle regarde Sebastian qui devait être de l'autre côté du portique, mais elle résista.

— Tu es incorrigible.

— C'est ce que me dit ma mère. Mais ce n'est pas pour ça que je n'ai pas raison, dit-elle dans un sourire lumineux.

Quelqu'un l'appela.

— J'arrive !

Lorsqu'elle disparut, Laura se retrouva perplexe et agacée. Parce que maintenant, elle pensait bien évidemment à un flirt pendant le mariage.

Désirait-elle Sebastian ? Absolument. Elle ne l'aurait pas embrassé, ne serait pas allée aussi loin si elle ne le désirait pas. L'alchimie entre eux était explosive, et il était loin d'être indifférent à sa personne. En plus, il n'aurait eu aucun problème à l'arrêter s'il n'avait pas été intéressé. Non, le désir était tout ce qu'il y avait de plus évident.

Mais une nuit lui suffirait-elle ?

Elle l'aurait voulu. Elle voulait se lâcher, être un peu folle pour une fois, vivre cette expérience qui lui resterait et dont elle pourrait rêver lorsqu'elle serait retournée à la vie normale. Mais elle savait qu'elle se mentait. Une nuit avec lui et elle aurait envie de plus, elle devait partir le lendemain matin.

Avant de venir, elle était contente que ce fût un voyage rapide. Moins de temps pour se stresser avec ses parents. Mais maintenant... L'idée même de partir la déprimait. La famille devait se retrouver à la ferme pour Noël, lorsque Athena et Logan seraient rentrés de leur lune de miel. Mais son père en profiterait encore pour la manœuvrer au sujet du poste.

Elle regrettait de ne pas passer plus de temps à la ferme. A part les relations avec ses parents, elle était plus détendue ici, à Eden's Ridge, qu'elle ne l'avait été ces derniers mois à Nashville. Ici, dans la fraîcheur de la montagne, elle se dit qu'elle pourrait peut-être décompresser. Est-ce que c'était mal de vouloir respirer un peu ? D'avoir un avant-goût de la vie qui convenait si bien à son frère ?

Tout en rassemblant les bouquets pour les amener à la réception, une idée commença à germer dans sa tête. Peut-être, en croisant les doigts, Logan pourrait lui donner ce qu'elle recherchait. Il suffisait de le coincer avec sa jeune épouse à la réception.

4

Ça va ? Ça ne te fatigue pas trop d'être au milieu de tout ce monde ?

Avant, l'inquiétude dans la voix de Porter l'aurait énervé. Le simple fait de ne pas répondre par un sarcasme, pour dire qu'il n'avait pas besoin de baby-sitter, montrait le chemin parcouru par Sebastian. Comme le reste de leur bande d'amis, il avait été un fieffé salaud lorsqu'il avait quitté l'armée. C'était bien de voir qu'il avait ajouté une couche de bonnes manières.

— Non. Je regarde juste les gens et j'essaie de voir combien de temps je dois attendre avant de me jeter sur une autre tranche de gâteau.

C'était vrai. Porter n'était pas obligé de savoir qu'il étudiait sa position par rapport à Laurel afin de pouvoir s'échapper avant qu'elle ne le coince pour les danses.

Elle était belle à damner un saint dans sa robe bustier de demoiselle d'honneur vert émeraude qui sublimait si bien ses courbes qu'il en avait des fourmillements dans les mains. Ses cheveux foncés étaient relevés, dévoilant son cou, et la peau doucement laiteuse de ses épaules. Il était difficile de se retenir de la mordiller à cet endroit, et il se demandait le cri qu'elle émettrait s'il enfonçait délicatement ses dents là où son cou rencontrait ses épaules. Elle était un régal, à croquer, sa mise était si parfaite qu'il avait envie de l'entraîner dans un coin sombre pour la lui froisser.

Mais il n'allait pas le faire, c'est pour ça qu'il utilisait toutes les compétences acquises au régiment des Rangers, pour se cacher à la vue de tous. L'auberge n'était pas si grande et la liste d'invités n'était pas telle qu'il puisse passer facilement inaperçu. Mais Sebastian savait comment gérer des opérations clandestines. Autant de compétences qu'il ne pensait pas devoir utiliser pour éviter une femme. Surtout si elle était belle et qu'il désirait la tenir à nouveau dans ses bras.

Rien que de penser à elle, à sa beauté douce, naturelle, particulière qu'il préférait, découvrit-il, à la version plus sophistiquée, rien que le souvenir de son poids sur ses genoux, l'odeur de sa peau, la danse avide de sa langue, tout cela lui coupa les jambes.

Mais elle n'était pas pour lui.

Il avait évité toute relation sentimentale depuis son arrivée à Ridge, même les rencontres d'une nuit pour se passer une fantaisie. Plus d'une femme avait fait montre d'intérêt à son endroit, c'était une petite ville et il représentait un mâle de choix. Il n'avait pas donné suite parce que sa tête lui jouait des tours et tant que ce n'était pas réglé, il n'envisageait pas de s'investir dans une relation. Surtout pas avec la jeune sœur de son ami et employeur. Elle méritait mieux qu'un soldat brisé qui essayait encore de recoller les morceaux. Et puis, de toute façon, elle serait partie dans deux jours.

Il était sur le fil du rasoir, il devait éviter de succomber à la tentation sans pour autant donner l'impression d'être un goujat lui laissant penser qu'il regrettait leur baiser de la veille. Ce baiser renversant, torride qui tournait en boucle dans sa tête depuis que leurs lèvres s'étaient séparées.

— ... nous devrions le refaire l'an prochain.

Sebastian revint à la conversation, se demandant ce qu'il avait raté. Plutôt que de reconnaître qu'il n'avait pas suivi, il poussa un grognement approbateur.

— Il faudra combien de temps, selon vous, avant qu'Harrison n'arrive au bras d'Ivy le long de l'allée ? demanda Porter.

Après Porter, Harrison Wilkes était le membre du groupe qui était resté célibataire le plus longtemps. L'an dernier, il avait secouru une femme dont la voiture avait fait un tête-à-queue et enfoncé la rambarde. Il avait descendu la moitié de la montagne en rappel et avait trouvé l'amour de sa vie.

Sebastian but une gorgée de bière.

— Ty a parié qu'il la demanderait en mariage au Nouvel An. Je pense qu'il le fera à l'anniversaire de leur rencontre.

Porter croisa les bras.

— Je suis d'accord avec toi. Harrison est un grand sentimental.

— Qu'il ne t'entende surtout pas, il pourrait se battre pour prouver sa virilité. Et toi ? Sebastian chercha du regard la femme qui avait gagné le cœur de Porter.

Le visage de ce dernier s'adoucit lorsqu'il suivit le regard que posa Sébastian sur Maggie.

— Je l'épouserais demain, si c'est ce qu'elle veut. Mais ça viendra, et plus vite que prévu, si on le fait à ma manière.

— Bonne chance, mon pote.

— Quand est-ce que tu vas te trouver quelqu'un ?

— Tu joues les entremetteurs ? Je pensais que c'était réservé à Ari, dit Sebastian, étonné.

— C'est une question plus que normale. Tu t'es installé ici, avoir une femme me semble l'étape suivante.

— Il y en a plein, si je voulais.

— Ce qui n'est pas le cas, que je sache du moins.

— Tout ça parce que Ty et Harrison sont de vraies pipelettes. Je ne le crie pas sur les toits quand j'embrasse quelqu'un.

— Donc, tu as embrassé quelqu'un ? Le visage de Porter s'illumina de curiosité.

— Circulez, il n'y a rien à voir. Rien à raconter. Et quel effet bœuf il aurait au milieu des invités s'il racontait la soirée d'hier, même s'il en mourait d'envie ? Il ne manquait plus que ça.

Avant que Porter ne puisse continuer à lui tirer les vers du nez, Logan s'approcha.

— Sebastian, je te cherchais !

— Félicitations, mec. Je vous souhaite beaucoup de bonheur, dit Sebastian, en lui tendant la main.

Le sourire de Logan illumina la pièce.

— Nous nageons en plein dedans. Nous nous réjouissons à l'idée de partir. Dix journées entières, où je n'aurai pas à me réveiller pour nourrir le bétail, et où je devrai seulement me concentrer sur ma femme, que demander de mieux ! La possibilité de nous détendre vraiment avant de rentrer et de nous mettre en quatre pour que tout soit prêt pour la Noël. Cette partie-là nous branche moins, mais c'est ce qui se passe quand ton mariage a lieu dans ces eaux-là...

— Je te comprends. Où allez-vous ?

— Ponderosa Resort et Ranch. Un hôtel et ranch de luxe dans l'Oregon. Tu vois l'ami d'Athena, Sean Bracelyn - le chef du menu pour le dîner de répétition et la réception - eh bien, c'est à ses parents. Nous sortirons très tôt demain matin pour prendre notre avion.

— Tu as des instructions de dernière minute à me donner ?

— Non, juste un service à te demander.

Sebastian, qui se sentait un peu coupable pour les pensées inconvenantes qu'il avait de Laurel dévêtue, hocha la tête.

— Pas de problème, dis-moi.

— Je voudrais te confier ma sœur.

— Pardon ? dit-il en avalant sa gorgée de bière de travers.

— Laurel a eu un semestre difficile, elle va rester à la ferme pour dorloter nos deux chiots, Bo et Peep. En gros, les gâter et se détendre un peu pendant notre absence - Logan chercha des yeux Laurel dans la salle, qui était en pleine discussion avec Maggie - elle m'inquiète. Elle dit que tout va bien, mais je ne peux pas m'empêcher de penser que quelque chose ne va pas.

Sebastian avait déjà une bonne idée de ce qui n'allait pas, mais ce n'était pas à lui de dire quoi que ce soit. Il ignorait si Laurel et Logan étaient très proches. Si elle voulait qu'il soit au courant, elle le lui dirait elle-même.

— Malheureusement, je n'aurai pas l'occasion d'en savoir davantage avant notre retour, si tu peux te mettre en contact avec elle, si elle a besoin de quoi que ce soit, je t'en serais reconnaissant.

Il ne parle pas de contacts intimes, abruti.

Dix jours de plus avec Laurel et personne autour pour servir de chaperon ? Sa libido déjà en manque se mit à rugir. Ne sachant comment masquer sa réaction il s'empara de sa bière IPA pour hydrater sa gorge soudainement sèche.

— Compte sur moi.

— Parfait - le visage de Logan se détendit immédiatement, il sourit, soulagé - en plus, tu auras peut-être de l'aide gratuitement. Elle était passionnée par les chevaux quand elle était plus jeune. Je suis sûr qu'elle adorerait en monter un.

On pourrait se passer du cheval, je la monte, moi.

Conscient du regard de Porter sur lui, Sebastian hocha la tête. Il perdit la suite de la conversation, trop occupé à effacer cette image de son cerveau.

Logan parti, Porter grimaça d'amusement.

— Mon vieux, tu es dans de beaux draps.

Tu ne crois pas si bien dire.

— TU AS SU pour Hugh Saunders ?

Laurel eut du mal à faire fonctionner son cerveau en

manque de caféine. Après la longue soirée à la réception et le réveil matinal pour saluer les jeunes mariés, elle était trop fatiguée pour essayer de comprendre pourquoi sa mère lui parlait du fils d'amis du country-club.

— Je ne l'ai pas revu depuis le baccalauréat, il est à la fac de médecine, non ?

— Il *était*. Rosalind étira la syllabe finale comme si c'était un délicieux morceau de caramel, même si jamais elle n'admettrait qu'elle était friande de commérages.

— Était ? Laurel joua le jeu.

Son père secoua la tête, écœuré.

— Quel garçon ingrat, il plaque tout au milieu de sa troisième année. Il a renoncé à *Harvard,* il n'avait même pas de mauvais résultats, juste une crise d'identité à la noix, et il est parti se « retrouver », ou quelque chose dans ce goût-là.

Laurel imaginait facilement le type de pression que Hugh avait dû subir à une école de médecine de l'Ivy League. Abandonner ses études n'avait sûrement pas été une décision facile.

— Il s'est peut-être rendu compte qu'il ne voulait pas devenir médecin.

— Il aurait dû le faire avant que ses parents ne déboursent trois cent mille dollars pour ses études. Je comprends qu'Edward l'ait déshérité.

— Il l'ont *déshérité* ? demanda Laurel.

— C'est plus que normal. Son père reposa sa tasse dans un claquement sec à l'instar d'un président de séance – dans ce cas, l'honorable Lawrence Maxwell – frappant la table du petit-déjeuner de son marteau.

— Nous avons été généreux, en ne faisant pas ça avec Logan.

Des sueurs froides parcoururent sa colonne vertébrale et convergèrent en une boule de plomb sur son estomac. Elle se rappelait l'effet lendemain de la troisième guerre mondiale provoqué par Logan annonçant qu'il allait arrêter ses études supérieures et devenir agriculteur. Leurs parents étaient furieux. Mais elle n'avait jamais imaginé que ses parents avaient envisagé de lui couper les vivres. Cette anecdote venait à point nommé lui rappeler ce qu'elle risquait si elle ne respectait pas ses engagements. Laurel serra davantage sa tasse, comme si la chaleur persistante pouvait pénétrer ses mains et calmer la nouvelle inquiétude qui se diffusait comme une vague de gel dans son corps. Elle devait se sortir de cette conversation avant d'avoir une autre attaque de panique ou qu'elle craque et dise des choses qu'ils pourraient tous regretter.

— Vous ne devriez pas vous mettre en route ? Il faut pas mal de temps pour arriver à Memphis. *Bonne transition, Laurel.*

Si ses parents avaient remarqué le brusque changement de sujet, ils n'en laissèrent rien paraître.

Lawrence avala la dernière goutte de café et se leva.

— Tu as raison, je vais chercher les valises.

Alors que son père disparaissait à l'étage, Laurel resta figée.

— Tu vas bien, ma chérie ? demanda Rosalind.

— *Je viens de réaliser que je suis prise entre le marteau et l'enclume, je suis frite.* Je vais bien. Je pensais à Hugh. C'est terrible ce qui lui arrive.

— C'est bien triste - elle passa la main dans les cheveux de Laurel - tout le monde n'a pas des enfants aussi brillants et consciencieux que toi. Nous sommes reconnaissants et fiers de toi, chaque jour. J'espère que tu t'en rends compte.

Laurel fit un sourire timide, priant pour qu'il ne ressemble pas à un rictus.

— Je le sais, maman.

Il fallut encore vingt bonnes minutes pour charger la voiture et faire un dernier tour de la maison pour s'assurer que rien n'était oublié. Finalement, elle embrassa ses parents, ravalant l'angoisse qui ne demandait qu'à ramper le long de sa gorge et se répandre dans sa poitrine comme des plantes grimpantes mutantes dans les films d'horreur.

— Soyez prudents, prévenez-moi quand vous arrivez.

— C'est nous, en général, qui disons ça. Rosalind haussa les épaules.

— Les chiens ne font pas des chats. On se voit dans quelques semaines, à Noël.

— Profite de tes vacances, lui dit Lawrence. Le prochain semestre sera chargé avec les derniers cours et la préparation du barreau de New York.

Laurel émit un borborygme évasif.

Alors que ses parents montaient en voiture, elle appela Bo et Peep, les fidèles Border Collie de son frère. Les deux chiens accoururent, se laissant choir à ses côtés sur les marches du porche où elle était assise. Elle les entoura de ses bras, pour les retenir alors que ses parents partaient. Elle resta là, bien après leur départ, sentant la tension diminuer alors que les chiens se penchaient pour flairer son visage et ses cheveux.

Encore pas mal secouée, elle lâcha les chiens et alla déambuler dans les écuries. Elle ne voulait pas approfondir le fait que sa contrariété la poussait droit vers Sebastian. Elle... voulait juste le voir. Il était une diversion, quelqu'un qu'elle voulait connaître, de toutes les façons possibles.

C'était une belle matinée fraîche, avec un ciel bleu sans nuage. Bo et Peep s'ébrouaient autour d'elle, se cognant l'un l'autre en s'élançant et revenaient à toute allure. Au loin, une silhouette tournait dans l'enclos, alors qu'un cheval bai avec deux balzanes avançait à la longe. Elle reconnut Sebastian bien avant d'arriver à distinguer ses traits. Il portait un Stetson et un jean élimé. Malgré le froid mordant, il n'avait pas de manteau.

Appuyée contre la lice du haut, elle voyait la tension de ses muscles dans son dos, et ses fesses, alors qu'il tournait. C'était vraiment un adonis. Le voir comme ça, dans son élément, il avait tout bon. Elle pensa naïvement à John Craig, le héros de

L'Homme de la rivière d'argent, qui était son film préféré dans son enfance. C'était la première célébrité dont elle s'était entichée. Bon, c'est vrai, autant des chevaux que de l'homme. Elle était une fillette et adolescente folle des chevaux. Mais elle n'avait jamais flashé sur ses instructeurs équestres comme sur Sebastian. Il valait mieux penser à ça qu'à ses problèmes avec son père.

— Tes parents sont bien partis ?

Elle s'appuya sur la barre du bas pour se pousser et mieux voir.

— Enfin.

D'une voix profonde, il ralentit le cheval, le fit marcher au pas et regarda dans sa direction.

— Papa a encore fait des siennes ?

Bien sûr, il avait décelé la tension dans sa voix. Ce type semblait capable de lire en elle comme dans un livre ouvert. Laurel répondit par un haussement d'épaules en signe d'impuissance.

— J'ai un traitement pour ça. Donne-moi cinq minutes, le temps de finir avec Sassy.

Ça la réconforta. Avec un peu de chance, le traitement consisterait à poser ses lèvres sur les siennes. Elle n'avait pas pu s'empêcher de penser à ce baiser, et peut-être serait-elle passée à l'action la nuit dernière, mais avec le lourd sous-entendu d'Ari à l'esprit, elle se dit que Sebastian aurait pu penser qu'elle était en manque... ou quelque chose du genre.

La balle est dans ton camp, cow-boy.

Sebastian hydrata la jument un instant puis il récupéra la longe et la conduisit au portail. Lorsqu'il décrocha la bride, Sassy lui donna gentiment des coups de tête sur son épaule, un véritable jeu amoureux. Il éclata de rire. La sonorité de son rire, riche et libre, roula sur Laurel comme de la mélasse tiède. Il avait un rire fabuleux.

— Va jouer, ma jolie, tu l'as bien mérité. Il lui donna une petite claque sur la croupe et la guida vers le pré.

Il referma le portail derrière elle et traversa le paddock pour rejoindre Laurel, se glissa entre les barres, à côté d'elle. De son point d'appui, en bas, ils étaient yeux dans les yeux. Elle se dit qu'il allait s'approcher ou l'aider à descendre, n'importe quoi pour réduire la tension entre eux. Mais il resta là impassible, à scruter longuement son visage, puis il fit un petit geste de la tête, indiquant l'écurie.

— Allez, viens !

Bon, ce n'est pas maintenant qu'il va m'embrasser. Il a probablement du travail à rattraper après avoir été pris par le mariage et tout le reste, hier.

Il avait déjà fait plusieurs enjambées avant qu'elle ne saute pour le suivre. Dans l'écurie, il la conduisit dans une stalle au bout de l'allée.

— Salut, beauté.

Lorsque Laurel le rattrapa, une tête alezane pointait au-dessus de la porte de la stalle, s'étirant pour recevoir des caresses. Ses oreilles étaient tournées vers Sebastian qui continuait à la couvrir de compliments saugrenus tout en la grattant à l'encolure.

— Elles sont toutes folles de toi ?

Sebastian pouffa.

— Le gros des chevaux ici ont été sauvés de la maltraitance. Beaucoup viennent de situations catastrophiques, et ils sont reconnaissants. C'est moi qui m'occupe presque entièrement d'eux, alors oui, beaucoup m'aiment. Il embrassa le museau brun.

— Je ferais attention à ta place, Sassy risque d'être jalouse.

— Cette petite merveille s'appelle Gingersnap. Ginger pour les intimes. Je l'ai récupérée au printemps avec une autre jument, quand un juge l'a retirée à son ancien propriétaire pour négligence grave. Elle était en piteux état, et je n'étais pas sûr qu'elle s'en sorte. Mais elle a décidé que son moment n'était pas venu et elle s'est transformée en ce bijou.

Laurel se détendit et tendit la main pour que Ginger la renifle.

— Pauvre bébé, je suis contente qu'elle soit avec toi. Comment ça t'est venu ? T'occuper d'animaux traumatisés ?

— Je suis tombé dedans, en fait. Les premières interventions, ce n'est pas moi qui les ai faites. Il y avait une urgence, et ton frère avait de la place à l'écurie. Il les faisait paître. Lorsque trois autres sont arrivés, il a compris qu'il avait besoin d'aide. Porter savait que j'étais dans une mauvaise passe et que j'avais grandi avec des chevaux, il a joué l'intermédiaire professionnel. Ni Logan ni moi ne pensions que ça prendrait cette ampleur, mais il y avait un vide, et le bouche-à-oreille a fait de nous le centre de référence. Ton frère ne tenait pas à ce que ça prenne cette tournure, mais c'est un trop chic type pour refuser son aide.

En voyant son expression, Laurel se demanda s'il faisait allusion aux chevaux ou à lui-même.

— J'ai pu rééduquer et vendre quelques chevaux, mais c'est loin d'être rentable. J'ai lancé l'école d'équitation pour compenser les coûts.

Avec seize chevaux, elle se rendait compte que ce n'était pas rien. Son frère ne s'était pas lancé là-dedans pour l'argent et il lui semblait que ce n'était pas le cas de Sebastian non plus.

Peut-être que le profit n'est pas la réponse.

Elle mit cette pensée dans un coin de sa tête pour y revenir plus tard.

— Quelle est la partie que tu préfères ?

— Sûrement travailler avec les chevaux, conquérir leur confiance. Pour certains, comme Ginger, il a fallu du temps. Je travaille sur de nombreux facteurs comportementaux pour les changer. Mais Ginger... elle passerait son temps à se faire toiletter, probablement parce qu'on ne le lui a pas fait pendant si longtemps. Donc, mon conseil pour éloigner tes idées noires, c'est de bien la brosser et la toiletter. Ça vous fera du bien à toutes les deux.

Ce n'est pas aujourd'hui qu'elle allait l'enlacer. Très bien. Laurel tendit la main et la glissa le long du cou de Ginger, en la remontant pour la caresser sous le museau comme Sebastian l'avait fait.

— Qu'en dis-tu, Ginger ? Tu veux un petit soin de beauté ?

Elle interpréta l'abandon du cheval à ses caresses comme un oui.

— Je vais chercher le seau pour la toilette pendant que vous faites connaissance.

Laurel et Ginger le suivirent du regard alors qu'il se dirigeait à grandes enjambées vers la sellerie.

— Belle perspective, n'est-ce pas ? murmura Laurel.

Ginger émit un ébrouement de satisfaction.

Sebastian revint un instant plus tard avec les instruments pour le toilettage. Il posa le seau, ouvrit la porte de la stalle et mena Ginger par le licou dans une sorte de zone dégagée, avec deux longes qui pendaient. Il les accrocha des deux côtés du licou.

— Tu as dit que c'était il y a longtemps. Tu te souviens comment faire ?

Laurel sortit l'étrille du seau et se mit à la tâche, arrachant à la jument un grognement de satisfaction.

— C'est comme la bicyclette.

— Je vous laisse, j'ai ma première leçon dans cinq minutes et là-dessus, il disparut.

— Bon - Laurel se pencha pour regarder Ginger dans les yeux - un homme de peu de mots, on dirait.

La monotonie du toilettage était apaisante. Alors qu'elle s'occupait de Ginger en faisant des mouvements longs et lents, la tension qui s'était accumulée dans ses épaules durant le petit-déjeuner, commença à s'estomper.

Elle n'avait pas besoin de son pseudo-psychologue de frère pour comprendre que l'angoisse était due à son père et à ses attentes. Il y eut un temps où elle partageait ces attentes, où elle avait les mêmes objectifs. Ou peut-être cherchait-elle seulement ce que ça impliquait. Sa reconnaissance et son approbation. Il lui semblait que c'était ce qu'elle avait recherché toute sa vie.

Aurait-elle fait un choix différent si elle avait su ce que ça représentait ? Elle ne savait pas. Pour le moment, tout ce dont elle était sûre, c'est qu'elle devait décompresser après ce semestre, disons plutôt ces dernières années. Si elle arrivait à le faire ces dix prochains jours, elle serait peut-être en mesure d'y voir plus clair et de faire son choix.

Elle passa la brosse dans la crinière de Ginger, sur la robe de la jument qui devint brillante et elle se sentit presque détendue.

— Elle est parfaite.

Laurel cria, surprise par la voix de Sebastian derrière elle.

— Bonté divine, tu veux que j'aie une crise cardiaque ?

Ginger bougea, renâclant, mécontente de l'interruption.

La bouche de Sebastian se tordit et se penchant au-dessus d'elle pour caresser la jument sur le flanc et l'apaiser, ils se frôlèrent. Il sentait délicieusement bon, un mélange sucré de foin, de cheval et de cuir. Ses manches étaient retroussées maintenant, dévoilant ses avant-bras musclés, légèrement recouverts de poils foncés. Elle pouvait encore sentir ses bras sous ses mains lorsqu'il l'avait embrassée, elle leva les yeux et vit qu'il fixait ses lèvres.

Enfin.

La tension électrisa sa peau, Laurel avança vers lui, et posant une main sur son torse, elle releva la tête vers lui.

Sebastian déglutit et recula, hors de portée. Ce vide entre eux lui fit l'effet d'une douche glacée.

Pendant un instant, Laurel se dit qu'un fois la gêne passée, elle pourrait prétendre que rien ne s'était produit. Mais elle était ici pour une semaine et demie, ils allaient se croiser souvent. Elle savait ce qu'elle espérait quand elle avait demandé à Logan si elle pouvait rester. Si Sebastian n'était pas sur la même longueur d'onde, autant qu'elle le sache et ne se rende pas ridicule en courant après quelqu'un qui n'en avait aucune envie.

Elle retira lentement la main comme s'il ne l'avait pas gênée pour deux sous, et croisa son regard.

— Est-ce que j'ai mal interprété la situation ? Après la soirée de l'autre jour, je pensais que l'attraction était mutuelle. Je me suis trompée ?

Elle ne s'était pas trompée. Laurel n'était pas aveugle. Il ne l'aurait pas embrassée ainsi s'il n'avait pas été attiré. Mais elle lui donna la possibilité de s'expliquer.

Sebastian se frotta la nuque.

— Ce qui s'est passé l'autre soir n'avait pas lieu d'être.

Elle se demandait si elle devait se sentir insultée par cette remarque quand une autre idée surgit.

— Tu es pris ?

— Non - avant même qu'elle se sente soulagée, il poursuivit - mais ton frère est mon ami et mon patron.

Qu'est-ce que Logan avait à voir là-dedans ? Elle souleva les sourcils alors que les questions se bousculaient dans son esprit.

— Est-ce que Logan t'a mis en garde contre moi ? Ou est-ce ta dignité qui s'en mêle ? Parce que mon frère a beaucoup de défauts, mais il n'est pas cet homme primitif hyper-protecteur. Il sait que je suis adulte et que je décide toute seule qui j'ai envie de fréquenter ou pas.

Il eut un mouvement de recul de la tête, surpris.

— On peut dire que tu es directe !

— Je pense que le baiser de l'autre soir ne peut pas être plus explicite. Je trouve que la vie est plus simple quand on ne tourne pas autour du pot. Elle ignora la petite voix dans sa tête qui lui disait qu'elle était un peu hypocrite car c'était justement ce qu'elle faisait avec sa famille. Ils étaient compliqués, cette attirance était simple, ou devrait l'être.

Sebastian inspira longuement, regardant autour de lui comme s'il allait y trouver une inspiration pour ce qu'il allait dire.

— Non, il ne m'a pas mis en garde, mais il m'a demandé de m'occuper de toi. Il te confie à moi.

Oh pour l'amour de ...

Laurel essaya d'inspirer calmement, de maîtriser la rage qui montait en elle. Elle était habituée au rôle de petite sœur, ce qui avait longtemps voulu dire qu'elle passait au second plan dans sa famille. Mais se voir traitée de la même façon par Sebastian lui fit l'effet d'une trahison de ce quelque chose qu'ils avaient construit. Et tout cela pourquoi ? Parce qu'il avait peur ? *Qu'il aille se faire voir.*

— Tu sais, tu es en train de citer le Code des potes : tu ne devrais pas sortir avec la petite sœur de ton pote, mais ce que tu oublies, c'est que quoi qu'il y ait entre nous, ça ne regarde pas mon frère. Tu ne me protèges pas en te retenant et tu ne protèges pas l'amitié de Logan, car il n'est pas comme ça. En fait, tu te protèges toi, ça va, c'est ton droit, je ne vais pas insister - elle saisit le seau, le serra contre sa poitrine et regarda Sebastian droit dans les yeux - mais peut-être que ça vaut la peine de te demander de quoi tu te protèges exactement, Sebastian. Tu n'as pas à être honnête avec moi, mais je t'encourage à l'être avec toi.

Sur cette tirade, elle tourna les talons.

5

— **M** erde. Sebastian fixa Laurel, une main toujours posée sur le flanc de Ginger, il était secoué comme si elle l'avait roué de coups. Il pensait qu'en ignorant son attirance, en évitant d'y prêter attention, tout irait bien. Il n'avait pas envisagé qu'elle le rappelle à l'ordre. Et il ne s'était absolument pas attendu à ce qu'elle rejette toute la faute sur lui. C'était... désagréable. Il comprit que sa stratégie d'évitement jouait sur les sentiments de Laurel, comme si tout cela était de sa faute à elle. Cela faisait de lui un lâche et un con. Justement ce qu'il avait essayé de ne pas être, toute sa vie, il ne pouvait pas l'accepter. Il mena Ginger au pré, prit son courage à deux mains et se dirigea vers la maison pour la chercher et s'excuser.

La porte d'entrée n'était pas fermée à clé, comme à l'accoutumée. Il se glissa à l'intérieur, et avança vers la cuisine d'où venaient des bruits d'eau et un refrain en sourdine.

Elle lui tournait le dos, les mains plongées dans l'évier rempli d'eau savonneuse. Sa luxuriante chevelure châtain était retenue en un nœud bâclé, ce qui mettait en valeur son cou long et effilé. Pendant un instant, il resta figé à l'admirer, s'imaginant l'enlacer, déposer un baiser sur sa nuque, et sentir son corps collé au sien. Cette image le toucha plus qu'il ne l'eût voulu. Il ajusta son jean et entra dans la pièce.

— Laurel. Elle poussa un petit cri et se retourna à moitié, une assiette glissa de ses mains savonneuses. Elle fit un bond en arrière, pieds nus, essayant d'éviter les tessons lorsque l'assiette se brisa sur le parquet.

— Aïe !

Sebastian s'élança pour la soulever dans ses bras et éviter qu'elle ne se blesse. Il l'appuya sur le comptoir. Ses mains, toujours savonneuses, serraient ses épaules, et les doigts de Sebastian enserraient sa taille. Il voulait se glisser dans le V de ses cuisses et se saisir de sa bouche incomparable. Il voulait se perdre corps et âme en elle. Et à en juger par la façon dont ses pupilles se dilataient et ses joues rougissaient, elle était partante. Elle avait été plus que claire. C'était pour cela qu'il avait évité de la toucher à nouveau, car une fois qu'il commençait, il ne pouvait s'arrêter.

Mais il n'avait pas besoin de penser à ça avec elle.

S'obligeant à la lâcher, il essaya d'avoir une voix normale.

— Tu vas bien ?

— Bonté divine, tu marches toujours comme un foutu chat ?

Son ton courroucé le fit sourire.

— Tu es montée sur des ressorts ? je ne voulais pas t'effrayer.

Elle plissa ses sourcils en une moue adorable qui ne calma pas le désir frustré qui bouillait dans son sang.

— Je vais te mettre une clochette.

— Il y a sûrement des grelots par ici. Comment va ce pied ?

— Il va bien, je n'ai marché sur rien, c'était juste dans le feu de l'action.

Il examina la coupure et constata qu'elle avait raison. Il lui tendit un sopalin pour qu'elle comprime la blessure.

— Prends ça et appuie sur la coupure, je vais nettoyer.

Sebastian sentit ses yeux qui le fixaient lorsqu'il prit le balai et la balayette et ramassa les débris. Elle sentait qu'il la désirait et ne comprenait pas pourquoi il se retenait. Quant à lui, il essayait de s'en rappeler la raison alors que l'excitation battait dans ses veines. Elle avait vidé son sac à l'écurie, c'était à lui maintenant de dire... quelque chose.

Après avoir jeté les morceaux à la poubelle, il prit la trousse des premiers soins pour soigner ses coupures. Elle sursauta légèrement lorsqu'il saisit son pied délicat. Les yeux de Sebastian rencontrèrent les siens avant de se concentrer sur sa tâche.

— Excuse-moi.

Pour lui, ça voulait tout dire, mais elle ne le laissa pas s'en tirer à si bon compte.

— De quoi exactement ?

Ses mains étaient beaucoup plus compétentes pour prodiguer les premiers soins à son pied blessé que son cerveau ne l'était pour sortir des mots ayant un sens.

— De t'avoir blessée.

— Je ne suis pas blessée. Malgré son ton détendu, détaché, il savait qu'elle l'était, à tout le moins un petit peu.

Il imbiba un coton d'alcool et nettoya délicatement la plaie. Elle geignit doucement. Il souffla dessus pour atténuer la sensation douloureuse, Laurel s'immobilisa, tout le corps crispé. Mais ce n'était pas de la douleur qu'il perçut lorsqu'il la regarda. L'intensité aiguisait ses yeux noisette aux longs cils.

Cette femme appréciait la franchise. Il allait faire de son mieux.

— Ce n'est pas que tu ne me plais pas.

— Ça, j'avais compris. Quel est le problème, alors ?

Il appliqua un peu de pommade antibiotique sur la plaie, et colla un pansement.

— En fait... tu as du pain sur la planche, beaucoup de décisions à prendre, des décisions importantes, qui te changent la vie. Ce n'est pas le moment de compliquer davantage les choses ou de se perdre dans des tourbillons émotionnels.

— Bien joué, tout tourne autour de moi. Mais ce n'est pas pour ça que tu as reculé.

Non, ce n'était pas pour ça. Il ne s'attendait pas à ce qu'elle en parle.

— Tu sembles très sûre de toi, pour quelqu'un qui ne me connaît pas.

— J'aimerais te connaître.

Doux Jésus, ne m'induis pas dans cette tentation, je ne suis pas si fort.

— Laurel...

— Non vraiment, je ne sais pas ce que tu t'imagines. Je ne me laisse pas bercer par les, ils vécurent heureux et eurent beaucoup d'enfants, il me faudra des années avant que j'y pense.

Il leva la tête pour observer son visage. Elle était convaincue, elle avait clairement accepté son sort, mais il pouvait entrevoir, en elle, le désir sous-jacent. Elle pensait peut-être qu'elle ne vivrait pas un conte de fées, mais au plus profond d'elle-même, elle le désirait.

— Pourquoi des années ?

— Les avocats fraîchement diplômés n'ont pas de temps pour vivre - ses épaules se contractèrent - dans six mois, je serai heureuse de voir l'extérieur de mon cabinet. À ces mots, sa respiration s'accéléra. Il voyait clairement la panique qui l'assaillait.

Non, pas alors que tu es sous ma responsabilité.

Lorsqu'il la souleva pour la faire descendre du comptoir, elle enroula ses bras autour de lui et enfonça le visage dans son cou. Cet aveu de vulnérabilité fit tomber une autre couche de ses défenses. Tout en la tenant serrée, il la porta dans le salon et tous deux s'enfoncèrent dans le canapé, il la serra, sans réaliser à quel point elle se sentait bien, blottie contre son corps.

— Respire.

— Je suis désolée, je ne le fais pas exprès.

— Je sais - Sebastian la caressa dans le dos et murmura comme il le faisait à ses chevaux, attendant que la tension disparaisse - pourquoi veux-tu être avocate ?

Posant la tête sur son épaule, elle soupira.

— Ce n'est pas une question facile.

— J'ai le temps. Même si ce n'était pas le cas, il le trouverait pour elle.

— Tu sais que je suis bien plus jeune que Logan. J'étais le bébé-surprise. Mes parents pensaient qu'ils avaient ce qu'ils voulaient à la première tentative, un enfant qui perpétuerait le nom de famille et suivrait les traces de son père, ils m'aimaient mais je passais un peu en second plan. Toutes les attentions étaient pour Logan. J'adore mon frère, mais j'étais aussi jalouse. Je me demandais ce que je devais faire pour qu'ils me voient.

— Est-ce que tu as fait des scènes ? tu t'es révoltée ?

Laurel renifla.

— J'y ai mis du mien. Est-ce que Logan t'a raconté le fiasco de ses études universitaires ?

— Seulement qu'il a étudié psychologie puis a décidé, un beau jour, qu'il n'était pas fait pour être psychologue.

— Il devait aller à la Faculté de droit. C'était Le Projet depuis aussi longtemps que je me souvienne. Papa est un avocat, comme tu le sais, et notre grand-père, du côté de maman, est un juge fédéral. Quand Logan s'est inscrit en psychologie, papa fut très déçu. Je pense qu'il avait toujours imaginé un cabinet père-fils. J'étais en terminale, et j'ai saisi l'occasion. J'étais brillante et compétitive, et j'aimais le droit. J'ai donc opté pour une prépa en droit et résolu de faire tout ce qu'il attendait de Logan. J'avais les notes suffisantes et les compétences académiques requises pour réussir, et j'étais décidée à gagner sa considération. Pathétique, quoi ! Si seulement elle savait ce qu'il avait fait pour gagner l'attention.

— Non, je pense que c'est normal de vouloir que nos parents soient fiers de nous. C'est dans notre nature.

— Eh bien, je pense que Logan est allé contre sa nature quand il a laissé tomber l'université. Il avait terminé son master et était pris pour un doctorat. Il ne lui restait que la soutenance. Nos parents étaient furieux. Ils l'auraient été de toute façon car on nous a toujours répété depuis notre plus jeune âge qu'il faut terminer ce qu'on a entrepris, et il a tout lâché, avant sa thèse. Mais sa décision de devenir agriculteur, c'est la goutte qui a fait déborder le vase pour papa. Il a des origines modestes et a toujours souhaité gravir les échelons. Il y est arrivé à la force du poignet. L'idée que Logan choisisse quelque chose qui, pour lui, est inférieur, est un sujet de discorde, tu l'auras remarqué.

Il aurait probablement été grossier de sa part de lui faire remarquer que son père était un fieffé enfoiré, doublé d'un snob.

— Oui, j'ai remarqué.

— En pleine tempête, j'annonce ma décision de me lancer dans des études de droit. En partie pour venir à la rescousse de Logan, en partie... pour devenir, enfin, la petite chérie. Et je le suis devenue. Papa avait remarqué que j'avais les mêmes intérêts que lui, et il adorait ça. Moi, ce que j'adorais, c'est qu'il m'apprécie et qu'il me manifeste de l'intérêt. Lorsque j'ai été prise à l'école de droit à l'université Vanderbilt, il était aux anges. Moi aussi, au début. J'adorais le défi que ça représentait. Ce mélange de compétition et de dynamisme m'a vraiment motivée. Mais Vanderbilt est l'une des meilleures écoles de droit du pays. J'ai dû travailler comme une malade pour rester parmi les premiers de ma classe. Ce qui... m'allait bien. Je ne rechigne pas à l'ouvrage. Mais c'est alors que j'approchais de la fin de mes études et de ce que ça représente d'être avocate, que les crises d'angoisse ont commencé à se manifester. Les choses ont empiré lorsque j'ai eu cette proposition à New York.

— Il s'agit de quoi, exactement ?

— C'est l'un des principaux cabinets du pays. Que j'aie été convoquée pour un entretien, c'est déjà un immense honneur, puis qu'ils me proposent un poste... c'est le couronnement de mes études. À première vue, c'est formidable. Un salaire de départ mirobolant, un appartement luxueux près du bureau, une salle de sport et un pressing dans l'immeuble. Des livreurs qui t'apportent tout ce que tu souhaites manger. Cela représente beaucoup d'avantages, non ? Mais tout ça parce que tu vends littéralement ton âme pour des semaines de quatre-vingts heures et une chance d'être associée.

Sebastian, tout aussi impressionné que consterné, s'appuya contre le dossier pour la regarder.

— Tu as fait tout ça pour avoir l'approbation de ton père ?

— Eh oui, dit Laurel en grimaçant.

Il savait exactement ce qu'il en coûtait de repousser ses limites simplement pour plaire à quelqu'un d'autre.

— Ça m'en bouche un coin. Tu m'en bouches un coin. Mais c'est ta vie, Laurel. Si tu voulais vraiment ça, si tu voulais cette vie, c'est une chose. Mais il est clair que ce n'est pas le cas. Tu ne peux pas te sacrifier pour quelqu'un d'autre. Ce n'est pas une bonne raison.

Elle se raidit, se redressa pour le regarder.

— Je n'ai pas le choix.

On a toujours le choix, mais elle ne voulait pas le voir. Sebastian, conscient du fait qu'elle n'était pas dans une situation où il pourrait la convaincre de tenir dur et de se laisser inspirer par son frère, laissa tomber, pour le moment.

— Donc, qu'est-ce que tu attends de ton séjour ?

Elle se concentra et observa son visage avec circonspection.

— Je veux me détendre. Je ne veux pas penser au prochain

semestre. Je veux remonter en selle. Elle marqua une pause. Et j'aimerais mieux te connaître, avec tout ce que ça implique.

Il avait commencé la conversation pour essayer d'expliquer le mieux possible pourquoi ce n'était pas une bonne idée de se mettre ensemble. Mais elle était à un tournant, et toujours prête à foncer, tête baissée dans la mauvaise voie. C'était un juste retour des choses que de la sauver d'elle-même, il pouvait restituer la gentillesse et la compassion qu'il avait reçues de son frère. Et puis, égoïstement, il voulait, lui aussi, mieux la connaître. Il voulait céder à l'attraction. Prendre ce qu'elle avait à donner dans ce moment suspendu, avant qu'ils ne reprennent le cours de leur vie.

Il écarta une mèche de cheveux qui lui barrait le visage.

— D'accord.

— D'accord ? Laurel fronça les sourcils.

— Ça me va. *Où est-ce que je me fourre...* Et je mentirais si je disais que ça ne me va pas d'être avec toi.

Elle écarquilla les yeux, son pouls commença à s'emballer dans son cou. Sebastian se laissa aller à poser le pouce sur ce point délicat, le sentant battre. Elle ne se rapprocha pas. Il comprit que c'était à lui de prendre les choses en main. Ce qu'il fit en se penchant vers elle.

Il voulait que le baiser soit délicat. Il le voulait vraiment. Mais dès que leurs lèvres s'effleurèrent, l'air devint torride. Laurel plongea les mains dans ses cheveux, attrapa la tête de Sebastian, l'entraînant dans un baiser plus profond, fougueux. Le cœur battant à tout rompre contre sa cage thoracique, il se fraya un chemin avec la langue jusqu'à sa bouche, elle répondait, pour son plus grand plaisir, par un coup de langue à chacun des siens. En grognant, il glissa la paume de ses mains sous son sweat-shirt pour pétrir ses seins. Laurel gémit, se cambrant sous ses doigts. Il dévora sa bouche en se demandant combien de temps il lui faudrait pour la dévêtir et plonger dans toute cette douceur. Laurel, apparemment entièrement d'accord, culbuta, l'entraînant avec elle. Enivré par son goût, il suivit et... roula en dehors du canapé.

Il s'écrasa par terre dans un ooooh, tapant la tête contre le parquet.

— Mon Dieu, tu vas bien ?

Sebastian inspira.

— Tout va bien. Ça m'a ramené à la raison. Il allait la prendre sans délicatesse, sans avoir réfléchi, et surtout sans préservatif sur le canapé, dans le salon de son frère. Et merde !

— S'il te plaît, dis-moi que tu n'as pas changé d'avis !

Non. Il n'avait pas changé d'avis. Il la désirait plus que tout. Mais il voulait aussi mieux l'aider à décider. C'est pourquoi leur relation ne devait pas se limiter au sexe sur chaque surface disponible, même si c'était très tentant. Il fallait qu'elle soit son amie, pas une passade estivale. Et puis pour être tout à fait honnête, et il ferait mieux de s'habituer à l'être, vu que Laurel y tenait tant, il s'agissait aussi de se protéger lui-même. Car l'avoir en sachant qu'il ne vivrait plus cette perfection, serait pire que de ne pas l'avoir du tout. Il devait se donner des limites, quelques limites, c'était un homme après tout.

Non, je vais avoir envie de poser les lèvres sur toi à la première occasion.

— Dieu soit loué, dit-elle dans un soupir.

— Mais...

— Je déteste les mais.

Il s'assit péniblement.

— Nous allons ralentir un peu. Maintenant que le désir obscurcissait un peu moins son esprit, il se dit que c'était juste.

— Ralentir ? Tu te rappelles que nous n'avons que dix jours ?

— Nous n'allons pas tous les passer au lit.

Laurel le fixa tout en empilant sur la table basse les livres qu'il avait fait tomber.

— Ce qui veut dire que nous en passerons quelques-uns au lit.

Elle finira par m'avoir !

— Je me jette à l'eau, et je te dirai que je te trouve très sexy quand tu parles comme une avocate, toute ébouriffée.

Elle lui décocha un sourire coquin.

— Et ce n'est que le début. Mais tu n'as pas répondu à ma question.

— Pardonnez-moi, Maître - il passa la main sur son visage pour dissimuler son sourire - c'est une conclusion qui s'impose. Mais pour le moment, trouve-toi des bottines.

— Des bottines ?

— Oui, nous allons faire une balade à cheval.

— C'EST magnifique ici - du haut de sa monture, une jument douce du nom de Blossom, Laurel essayait de tout voir. Les terres de son frère s'étendaient à perte de vue, les pâturages succédant aux cultures. Même en ce début d'hiver, c'était un beau tableau, un tableau qui laissait de plus en plus sa marque dans son cœur - Je comprends que Logan soit tombé amoureux de cet endroit.

— Il a choisi un sacré endroit, il faut dire.

— Je ne me souviens pas de la dernière fois où j'ai passé un peu de temps en pleine nature. Peut-être juste après que Logan ait acheté la ferme, quand je lui ai rendu visite, une semaine en été. Mais c'était bien avant qu'il fasse tous ces travaux. Avant que je commence la fac de droit - c'était un souvenir confus, distant, enseveli sous des centaines d'heures de cours et des milliers de pages lues - tu sais ce n'est pas facile à dire, mais c'est la première chose que je fais par plaisir depuis des années.

— C'est quand la dernière fois que tu as monté un cheval ?

— Oh la la - elle réfléchit - le lycée. Monter à cheval n'était pas comme aller à bicyclette, mais elle retrouva le rythme plus vite que prévu.

— Et pourquoi ? Tes parents t'ont fait arrêter ?

— Non. Pas ouvertement en tout cas. J'ai renoncé à l'équitation quand je me suis mise à étudier sérieusement et à penser à mon avenir. J'étais tellement motivée et concentrée, complètement obnubilée par le résultat. Je n'ai pas pris le temps de souffler, d'apprécier chaque chose pour ce qu'elle est, de vivre dans la vraie vie.

— Et c'est comment ?

— Fabuleux. La facilité et la liberté étaient si différentes de ce à quoi elle était habituée. Cela n'en faisait ressortir que plus combien sa vie était déséquilibrée. Est-ce que c'était cela qui avait poussé son frère à tout arrêter ? Elle ne le lui avait jamais demandé, peut-être craignait-elle la réponse ? Mais elle voyait bien l'attrait qu'exerçait ce changement radical.

Bo et Peep ouvraient le chemin, s'arrêtant de-ci de-là pour flairer avant de s'élancer dans des aboiements enjoués. Sebastian chevauchait à côté d'elle sur Brego, un pur-sang brun foncé, il semblait dans son élément. Tranquille, même en mouvement. Comment faisait-il pour être aussi zen ? Était-ce la terre ? Les chevaux ? L'effet conjugué des deux ?

— Je t'envie en ce moment.

Il la regarda, l'air étonné.

— Pourquoi ?

— Avoir la chance de faire ça tout le temps. C'est le paradis.

Ses yeux se plissèrent.

— je ne me balade pas tout le temps. Diriger une écurie, même petite comme celle-ci, demande beaucoup de travail.

— Seize chevaux, c'est petit pour toi ?

— Bon, j'ai grandi dans une exploitation où il y avait près de cent chevaux, alors oui.

Laurel n'arrivait même pas à l'imaginer. Ceux pour qui travaillaient sa mère devaient être riches comme Crésus.

— La petite fille qui dort en moi est émerveillée. C'était comment ?

— C'était trop, enfin trop de travail, tout le temps. On ne dormait pratiquement jamais, ce qui craint quand on est au lycée. Et on peut dire que ma vie n'a pas été un long fleuve tranquille. Mais les chevaux... ils en valaient largement la peine. Aller les voir galoper, ou encore mieux, être sur leur dos quand ils galopaient, il n'y a rien de tel.

— Non, il n'y a rien - elle sourit - on fait la course.

Avant qu'il ne puisse répondre, elle lança Blossom au galop, les premières foulées furent douloureuses puis elle trouva sa position. Sebastian et Brego les rattrapèrent, ils restèrent côte à côte dans leur course à travers les prairies, vers le fond de la vallée. Le vent la décoiffait et mordait ses joues, elle ne s'était pas sentie aussi vivante depuis des années.

Quand ils firent ralentir leurs montures pour rentrer, elle riait avec un plaisir non dissimulé.

— C'était tout simplement *génial* !

— Tu as une excellente assiette pour quelqu'un qui n'a pas monté depuis près de dix ans.

— Est-ce que tu lorgnes mon derrière, Sebastian ?

— C'est un merveilleux spécimen de l'œuvre de Dieu. Il prit la tête et les dirigea sur un sentier entre les arbres.

Ils continuèrent en silence, gravissant doucement la montagne, les chiens à leur suite, tout frétillants. Il était facile de garder le silence avec Sebastian. On ne se sentait pas obligé de parler. L'homme ne parlait que lorsqu'il avait quelque chose à dire. C'est ce que Laurel aimait chez lui. Leur conversation n'en était que plus importante.

— Attention à ce passage en épingle. Cette bifurcation est plus dangereuse et plus difficile pour trouver un bon appui, la prévint-il.

— Compris. Qu'est-ce qu'il y a là-haut ?

— Tout en haut, c'est une ruine, un lieu de contrebande. On

ne l'a pas utilisée pendant des années, probablement parce que le sentier s'est effondré. Mais il y a une cabane, sans grand intérêt.

Que de l'alcool de contrebande ait pu circuler dans ces collines lui plaisait.

— Vraiment, et comment le sais-tu ?

— J'étais dans le coin pour une opération de recherche et de sauvetage, je suis tombé dessus.

— Tu fais des opérations de sauvetage ?

Le comté de Stone n'a pas d'équipe de recherche et de sauvetage officielle, il dépend de bénévoles. J'ai des compétences utiles, c'est juste que je le fasse.

Il avait tout bon.

— Tu étais dans l'armée ?

— Les Rangers, grogna-t-il.

Ça aiguisa sa curiosité.

— Tu étais dans les forces spéciales ?

—75ᵉ régiment de Rangers, pendant huit ans.

— Tu te jetais des avions et ce genre de trucs ?

— Entre autres. Ces simples mots regorgeaient de possibilités.

— Waouh. Ça devait être beaucoup de travail.

— Ça l'était. J'aimais le défi que ça représentait.

Elle le comprenait.

— Pourquoi en es-tu sorti ? Pourquoi ne pas faire carrière dans l'armée après tout ça ?

Il expira bruyamment.

— Le défi ne donnait plus aucune valeur à ma vie.

Ça lui remit les idées en place. Elle avait passé le plus gros de sa vie à courir après les défis, parce qu'elle en avait besoin. Mais s'était-elle demandé une seule fois quelles valeurs ils apportaient à sa vie ? Bien sûr, l'objectif était atteint à la fin. Mais tout ça, pour quoi ? Elle fonçait, tête baissée, sans se poser de questions, l'idée ne lui était jamais venue à l'esprit.

Ne sachant trop qu'en penser, elle se concentra sur Sebastian.

— Ça te manque ?

Le silence s'éternisa, elle pensa qu'il ne répondrait jamais.

— La fraternité, l'objectif, oui. Le travail en lui-même non. L'air entre eux était lourd des choses qu'il avait vues et qu'il taisait. Des choses qu'il avait probablement faites.

Son ton n'invitait pas à poser d'autres questions, elle resta donc silencieuse. Blossom était contente de suivre Brego, elle la laissa faire. Les conifères devenaient de plus en plus touffus au fur et à mesure qu'ils grimpaient, étouffant le son du vent et cachant la vue de la ferme. Il était facile de s'imaginer seuls au monde, au milieu de nulle part. Avec ses compétences bien à lui, Sebastian était la personne qu'elle voulait à ses côtés, dans ce genre de situation.

Elle se souvint de ce qu'il avait dit. Elle comprenait le besoin d'un objectif, ce besoin de se sentir utile. Ses compétences militaires n'avaient guère de place dans la vie civile et il semblait que loin de l'armée, il était revenu aux compétences qu'il avait acquises en grandissant. Il était peut-être possible de l'aider à en faire quelque chose de plus concret.

— Tu as grandi avec des pur-sang ? Les courses de chevaux sont ta passion ?

— Pas vraiment, non. J'adore monter à cheval, et quand j'ai commencé à travailler pour ton frère, je me suis souvenu combien j'aime entraîner. Mais je n'aime pas la compétition. Pas avec ces chevaux en plus. Je trouve que c'est plus gratifiant de travailler avec des chevaux en difficulté et de remédier aux violences ou à la négligence.

— C'est louable de ta part.

— Rien de louable. Ils m'ont sauvé, c'est juste de restituer la faveur.

— J'ai du mal à imaginer que tu doives être sauvé. Tu es tellement maître de toi et sûr de toi.

— Ça n'a pas toujours été le cas - il plongea à nouveau dans l'un de ces silences qu'elle n'osait pas interrompre - les chevaux sont des proies, ce qui les rend très sensibles à leur environnement. Ils reproduisent l'humeur ou le comportement qu'ils perçoivent chez nous. Quand j'ai recommencé à travailler avec des chevaux, ce qu'ils captaient de moi montrait clairement que j'étais instable, irascible. Je pouvais m'emporter pour un rien, en un instant, mais pour avancer avec eux, je devais gagner leur confiance, et pour y arriver, j'ai dû changer d'approche, apprendre à me contrôler pour me concentrer sur eux et leurs besoins. Quand j'ai réussi, vraiment réussi à le faire, j'ai trouvé la sérénité dont j'avais besoin.

Elle voulait apprendre à le faire, apprendre à utiliser la sérénité en elle plutôt que de la chercher en lui. Car il ne serait pas toujours là. Mais ça, c'était une autre histoire. Il était tellement réservé ; or, elle voulait qu'il continue à parler de lui, le plus possible.

— Donc maintenant, tu donnes au prochain.

— Le plus possible, ce n'est pas toujours facile de ne pas arriver à tous les sauver.

— Il y en a plus ?

— Toujours. Mais même si nous avions la place, l'école d'équitation, en l'état actuel, n'est pas assez rentable pour nous permettre plus. C'est douloureux de refuser des animaux.

Non, c'était plus fort que lui. Il ne pouvait pas renvoyer un être dans le besoin, à deux pattes ou à quatre. Ce type de compassion était on ne plus séduisant. Et lui aussi.

Laurel allait ouvrir la bouche pour le dire, mais à cet instant, ils sortirent des arbres, sur la crête, et la vue la laissa momentanément bouche bée.

Le monde semblait s'étirer à leurs pieds. De là, elle voyait les deux versants de la montagne qui enveloppaient, tels des bras, la petite vallée où se trouvait Maxwell bio. En dehors de la maison, des dépendances et de quelques autres habitations, il n'y avait pas trace de civilisation. Si elle se fiait à son sens de l'orientation, la ville d'Eden's Ridge devait être de l'autre côté de la crête, à l'ouest. Mais rien n'interrompait la vue grandiose. Dans un tel moment, il lui semblait qu'ils étaient seuls au monde.

— J'en avais besoin - murmura Laurel - j'ignorais combien - se dit-elle dans un soupir - rentrer à Nashville, à l'école de droit, travailler sans arrêt, ce sera ma fin.

— C'est toi qui as choisi ce chemin, tu peux en changer.

Dire que c'était une pensée simpliste était un euphémisme. C'était un leurre. Elle s'était menti. Elle pensait qu'elle décidait, contrôlait sa vie. Mais tout ce qu'elle avait fait ne relevait pas de son libre arbitre, tout était fonction de l'approbation ou du désaccord de son père.

— Je ne sais pas, elle chuchotait, l'idée de s'écarter de la voie tracée, sauter dans l'inconnu, me terrifie autant que de la suivre. Comme avocate, j'ai un projet au moins. Je sais ce qui m'attend. C'est un défi dont je suis dépendante. Si je n'ai pas ça... je n'ai plus rien. Une éducation gâchée, un talent gâché, un cerveau inutile - sans parler de son père qui la déshériterait probablement - J'ai été élevée dans la conviction que j'avais le devoir d'honorer les talents que j'avais. Et que je sois d'accord ou pas avec mon père sur ma carrière, je crois en ça. Donc, tant que je ne trouve pas un autre moyen d'honorer ces dons, je ne me vois pas changer.

Sebastian resta un instant silencieux pendant qu'ils regardaient la vallée.

— Est-ce que tu n'as pas pensé que pour y voir clair, tu devrais éliminer les variables de l'équation ?

Elle n'arrivait même pas à l'imaginer.

— Ça semble le summum de l'irresponsabilité. Logan avait un projet lorsqu'il a arrêté la fac. Il savait qu'il voulait faire ça, et ça a pu fonctionner. Je me suis concentrée sur le droit toute ma vie d'adulte. Je ne sais pas ce que je pourrais faire d'autre.

En pleine crise d'angoisse et de panique, j'ai essayé d'imaginer autre chose, et mon cerveau s'est bloqué, le vide total.

— Ce n'est pas le meilleur moment pour penser à des changements de carrière. De toute façon, tu n'as pas à le savoir de suite. Tu dois te concentrer sur le présent. Arrête de te remplir la tête d'événements qui ne se sont pas encore produits. Quoi que veuille ton père, tu n'as pas accepté le poste. Tu n'as pas encore décroché ton diplôme. Rien n'est définitif. Concentre-toi sur ce que tu as devant toi, C'est ce qui compte pour les dix jours à venir.

C'était lui qui était devant elle. Il n'était peut-être pas son avenir, mais c'était drôlement plus agréable de se concentrer sur lui.

— D'accord.

— D'accord ?

— Ça me va - elle sourit en utilisant ses propres mots - je mentirais si je disais que tu ne me vas pas.

Sebastian rit en rejetant la tête en arrière.

— Chaque chose en son temps.

6

Déjeuner ou courses ? demanda Sebastian. L'estomac de Laurel choisit ce moment pour gargouiller.

— Le jury a tranché.

— Va pour le déjeuner - il braqua vers la première place qu'il trouva sur Main Street - le snack est un peu plus haut.

— Ça ne me dérange pas de marcher.

Ils se glissèrent hors du pick-up et marchèrent côte à côte, au même pas. Parce qu'il avait envie d'entrelacer leurs doigts, Sebastian enfila les mains dans ses poches. Il n'aurait pas à s'habituer à se comporter comme s'ils sortaient ensemble, leur relation avait une date d'échéance. Sans compter que les petites villes sont le centre des commérages, et que même si Lauren était sûre que Logan ne verrait aucun mal à leur liaison, Sebastian préférait que cela ne lui revienne pas aux oreilles.

Eden's Ridge était parée de ses plus beaux atours pour Noël, avec des couronnes lumineuses sur chaque lampadaire et une banderole déployée sur Main Street annonçant un marché de Noël pour la semaine suivante. Les vitrines étaient en fête, avec de la neige qui avait été vaporisée sur les vitrines pour donner l'effet du givre, et des arbres de Noël, des rennes et des pères Noël en veux-tu en voilà, pour rappeler l'approche des fêtes. Le sourire de Laurel s'élargissait à chaque magasin devant lequel ils passaient.

— Cette ville est un vrai bijou. Il ne manque plus qu'une couche de neige et ce serait le cadre parfait pour un film de Noël de la chaîne Hallmark.

Sebastian n'avait pas vraiment pris le temps de penser à Eden's Ridge depuis qu'il était arrivé. Lorsqu'il avait quitté l'armée, il était venu trouver Porter pour se mettre au vert, et était resté pour le travail. La ville n'avait rien à voir avec sa décision. En fait, il n'avait pas besoin de s'éloigner de l'exploitation, à part pour le fourrage et les fournitures agricoles. Avec tous les produits et la viande de Maxwell bio, il était rarement allé en ville faire des courses. Logan ne pouvait pas vraiment se permettre de lui verser un salaire, mais avoir le gîte et le couvert compensait largement. Il n'avait que très peu de dépenses. Sebastian n'était pas vraiment sociable, et il ne s'intéressait pas aux activités que la ville pouvait offrir ; bien que, depuis qu'Harrison et Ty s'y étaient installés, eux aussi, Porter arrivait à les convaincre de se retrouver pour une bière et un repas, une ou deux fois par mois.

C'était amusant de tout regarder à travers les yeux de Laurel. Elle essayait de tout voir en même temps, et trépignait d'excitation en avançant. Elle s'arrêta pour regarder un objet en verre soufflé dans la vitrine de Moonbeams et Sweet dreams, le fleuriste et magasin de cadeaux.

— C'est joli, ça.

Sebastian ne savait pas ce que c'était, mais il se dit que les couleurs vives qui se fondaient les unes aux autres, étaient en effet bien jolies.

— Je dois revenir pour faire mes courses de Noël.

— Je te voyais plutôt du genre à avoir une liste détaillée où tout est coché avant la Toussaint.

Laurel rit.

— Tu te trompes. Tout ce qui n'est pas la fac, je m'en moque comme de l'an quarante. En fait, j'ai déjà acheté quelques cadeaux, mais en partant de Nashville, je ne pensais pas m'absenter jusqu'à la Noël, il va falloir que je m'y mette.

— Amazon et son expédition en deux jours, ça ne sert pas à ça ?

Elle plissa les yeux.

— Est-ce que tu fais partie des gens qui attendent pratiquement la veille de Noël pour faire leurs achats ?

Il n'osa pas dire qu'il n'avait pas tant de personnes à qui il faisait un cadeau et que ce n'était donc pas un problème.

— Tu plaisantes, il faudrait que je socialise. Je ne sors pas dans ce délire. Dépêchons, je meurs de faim. Il l'attrapa par le coude et la dirigea vers le Diner.

Le diner Crystal était la gargote traditionnelle typique, avec son sol en damier noir et blanc, beaucoup de chrome et de vinyle usé. L'odeur d'oignons et d'huile chauffée saisit Sebastian dès qu'il eut franchi le pas de la porte et son estomac grogna comme un grizzly. L'endroit était bondé de paroissiens se retrouvant après la messe. Laurel le devança et fonça sur la dernière cabine libre. Elle se faufila tout au fond, près de la cuisine, c'était la place qu'il convoitait, pour avoir vue sur la porte. Il hésita, allait-il s'asseoir à ses côtés pour une meilleure position tactique ou prendre place en face d'elle et avoir la chair de poule chaque fois que la porte s'ouvrirait ?

Et va pour l'intimité.

— Pousse-toi.

Le visage de Laurel s'éclaira, agréablement surprise, lorsqu'il se glissa à côté d'elle. Il comprit immédiatement son erreur. Ces cabines étaient grandes, mais pas assez pour quelqu'un de sa taille. Assis du même côté, ils se retrouvèrent serrés de l'épaule au genou. Elle se déplaça, passant son bras sous le sien et appuya la tête sur son épaule dans une mini-étreinte, qui lui donna des picotements sur toute la peau. C'était si bon de la sentir contre lui, toute blottie, mais la proximité faisait voler en éclat ses bonnes intentions.

Il lui indiqua le set d'assaisonnement.

— Prends la carte.

Laurel se pencha, sa main glissa le long de son bras et s'arrêta sur sa jambe. Elle la laissa là tout en tenant le menu qu'ils consultèrent, en commentant les options qui leur semblaient appétissantes. Sebastian n'entendait rien car la chaleur de sa main posée sur sa cuisse l'obligeait à passer en revue, mentalement, les derniers résultats du Derby du Kentucky, pour ne pas se ridiculiser en public.

— Tiens, tiens, regardez qui voilà !

Manquait plus que ça.

Ty se tenait au bout de leur table, son chapeau de shérif à la main. Il esquissa un sourire en les voyant tendrement serrés. Son regard d'un bleu perçant s'arrêta sur la cuisse de Sebastian, là où Laurel avait posé la main, son sourire s'élargit alors qu'il en tirait Dieu sait quelles conclusions.

— Qu'attends-tu pour me présenter à ta charmante amie ?

Sebastian aurait voulu l'envoyer paître du regard, il n'en fit rien. C'était la première fois qu'il retrouvait en Ty l'homme qu'il avait été et il ne voulait pas le bloquer. Même si ça voulait dire entendre toutes ces foutaises.

Alors que le silence s'éternisait, Laurel dégagea son bras avec douceur et se retourna vers Sebastian, attendant la suite, mais il sentait encore la tension là ou leurs cuisses se touchaient.

Merde.

— Je te présente Laurel Maxwell. Laurel, voici Ty Brooks, un de mes amis du temps de l'armée.

— Ravie de te rencontrer, Ty. C'était la débutante dans toute sa splendeur qui lui tendait la main.

— Maxwell. Comme dans Maxwell bio ?

— Logan est mon frère. Je suis venue pour son mariage ce week-end et je reste garder ses chiens pendant leur voyage de noces.

— Oh, tu restes à l'exploitation et tu donnes un coup de main à Sebastian ? Il haussa les sourcils dans une expression qui se voulait innocente.

— Dis donc, mon pote, il va falloir que tu t'améliores en matière d'interrogatoire.

L'arrivée de la serveuse interrompit Ty dans sa réponse. Pendant qu'elle prenait leur commande de boissons, Sebastian capta le regard de Ty et se fit comprendre par la mimique. *Laisse tomber.*

D'accord. Pour le moment. Mais j'attends des explications.

Sebastian grimaça. *Pipelette.*

Ty émit un son entre le grognement et le rire en mettant son chapeau.

— Je dois vous quitter, je suis de service. Bon appétit, Laurel, ravi d'avoir fait ta connaissance.

Elle le salua de la main.

— À plus, mec, dit Sebastian en hochant la tête.

Ils observèrent tous les deux Ty qui fermait son manteau de shérif et sortait.

Laurel serra les lèvres.

— Il ne va pas te lâcher, n'est-ce pas ?

— Tu peux en être sûre.

— Désolée. Laurel grimaça.

Souhaitant la tranquilliser, Sebastian arbora un sourire.

— Rien que je ne puisse gérer.

La serveuse revint avec les boissons et prit la commande des plats. Ils choisirent tous les deux le plat du dimanche : poulet frit, purée de pommes de terre et haricots verts.

Lorsqu'elle s'en alla, Laurel se tourna, appuyant le dos contre le mur pour lui faire face.

— Ty et toi étiez à l'armée ensemble ?

— Oui.

Visiblement, elle voulait en savoir plus, mais il n'avait pas envie de parler de cette période de sa vie. Il savait, cependant, qu'il devait lui dire quelque chose.

— Il a été le dernier de notre groupe à partir. Il a été blessé par une bombe posée sur le bord de la route et il a décidé de ne pas rempiler.

En fait, c'était plutôt dû à la perte de son meilleur ami dans l'explosion qu'à ses blessures, mais ce n'était pas sa version des faits.

— Et maintenant, il est sous-shérif.

Il acquiesça en buvant une gorgée de son thé sucré.

— Il a commencé, il y a quelques mois.

— As-tu pensé travailler pour les forces de l'ordre ?

— C'est pas pour moi. On est en contact avec les gens, c'est pas mon truc.

Elle pouffa.

— Tu t'en sors pas mal avec moi.

— Tu n'es pas les gens.

L'arrivée des plats offrit une pause naturelle dans la conversation, et vu comment il avait évité de parler de lui, elle n'insista pas. Ils continuèrent à bavarder de tout et de rien en remontant les trois rues qui les séparaient du Garden of Eden, pour faire leurs courses.

— Tu es sérieuse ? demanda Sebastian en attrapant un chariot.

— Comme un pape.

— Tu aimes vraiment *Elvis* ?

— Tu comprends, je suis de *Memphis*. C'est presque obligatoire pour avoir la résidence.

— Dis-moi que tu as développé de meilleurs goûts en musique depuis que tu es à Nashville, la supplia-t-il.

— Comme ?

— Je ne sais pas, moi. Tu habites dans la capitale mondiale

de la musique country. Tu dois en être consciente.

— J'ai un faible pour Garth Brooks et Trisha Yearwood, reconnut-elle.

Sebastian fit mine de se tamponner le front.

— Ouf, nous pouvons être amis.

— Sebastian !

Ses mains se contractèrent sur la poignée du chariot quand il reconnut la voix féminine si familière. *Il fallait s'y attendre !*

— Désolé, murmura-t-il.

Laurel eut seulement le temps d'écarquiller les yeux avant qu'on ne leur fonce dessus.

— Tu te caches. Ivy l'enlaça.

Sebastian la serra, soulagé de voir qu'elle était accompagnée.

— Bien sûr. Tu m'exploites pour des travaux de force, sinon !

— *Une fois,* seulement ! D'accord, peut-être deux. Mais nous sommes installés maintenant - elle se tourna vers Laurel - qui est-ce ?

Il n'essaya même pas d'éluder les présentations car il ne savait que trop bien comment l'amie d'Harrison l'interpréterait.

— Ivy, Harrison, voici Laurel Maxwell. Laurel, mes amis, Ivy Blake et Harrison Wilkes.

Tout le monde se serra la main.

— Maxwell. Tu es... commença Harrison.

— La sœur de Logan, oui, elle termina la phrase. Tout le monde se connaît ici ?

— En fait, nous sommes arrivés il y a quelques mois seulement, mais oui, on peut dire ça, affirma Harrison.

Ivy passa son bras sous celui d'Harrison.

— Laurel, il faudra que tu viennes dîner, un soir.

Cette invitation impromptue mit à mal l'aisance habituelle de Laurel.

— Je... euh.

Harrison sourit.

— Bien joué, bébé.

— À force de toujours fréquenter tes copains, je manque de compagnies féminines.

— On peut le voir comme ça, il se moquait d'elle.

Sebastian était surpris de voir son ami habituellement si sérieux, aussi détendu. L'amour l'avait adouci, pour le mieux. Ivy avait arrondi ses côtés anguleux.

— Demain soir, poursuivit-elle.

— Non, tu as cette visioconférence avec ton attaché de presse, lui rappela Harrison.

— Mercredi, alors. Tu seras encore là, mercredi soir ?

— Oui, je m'occupe des chiens de mon frère pendant leur lune de miel.

— Donc, tu es là pendant deux semaines. Elle échangea un regard avec Harrison, Sebastian savait qu'elle se disait que parfois, c'était largement suffisant. Pour une auteure de polar, elle était devenue fleur bleue depuis qu'elle s'était mise avec Harrison. Elle avait fait des pieds et des mains pour organiser des rencontres. Il devait étouffer ses velléités, Laurel n'allait pas s'installer à Eden's Ridge, cela devait rester un flirt.

S'il continuait à se le répéter, il arriverait peut-être à s'en convaincre.

— Elle n'accepte pas qu'on lui dise non, la prévint Harrison. Autant accepter de suite. Je parle en connaissance de cause.

Ivy lui tira la langue.

— Tu aimes ma ténacité.

Pendant qu'ils se faisaient les yeux doux, Sebastian se creusait la tête pour trouver un moyen de tirer Laurel de là. Mais celle-ci avait une expression de curiosité amusée, et ne semblait nullement ennuyée.

— Excusez-moi, je vais faire ma curieuse... attaché de presse ?

Ivy secoua la main.

— Oui, c'est juste une rencontre pour parler de la promotion de mon dernier livre.

Laurel écarquilla les yeux.

— Tu es écrivaine ?

— Lui aussi, précisa Sebastian.

— Et qu'écrivez-vous ?

Le sourire d'Ivy se fit espiègle.

— Viens dîner, tu le découvriras.

LAUREL FIXA SEBASTIAN AU VOLANT.

—Tu ne vas pas me donner le moindre indice ?

— Non, dit-il dans un sourire.

— Allez, Google me lâche. Il n'y a pas d'Ivy Blake ni de Harrison Wilkes mentionné sur Amazon, ils utilisent des pseudonymes. Tu ne veux pas m'aider en précisant le genre ?

— Oh non, c'est plus amusant de te laisser patauger.

Laurel croisa les bras, en soupirant. Elle espérait que son esprit de repartie compenserait sa nervosité au cours du dîner. Comment devrait-elle se comporter ? Ce qu'Ivy avait en tête en lançant l'invitation était on ne peut plus évident. Mais Laurel n'était pas la petite amie de Sebastian. Ils ne sortaient pas ensemble. Elle ne savait pas ce qu'ils étaient l'un pour l'autre d'ailleurs, car malgré leur discussion très franche, il s'était limité à l'embrasser. Un baiser merveilleux, irrésistible, à en devenir addictif, c'est vrai, mais ce n'était tout de même qu'un baiser. Elle ne s'attendait pas à ça, elle ne s'attendait pas à lui.

Il l'avait mise au travail, ces derniers jours. Elle s'était proposée, bien sûr, mais elle ne s'attendait pas qu'il fasse autant appel à elle. Pendant qu'il donnait des leçons et s'occupait des chevaux les plus difficiles, elle avait décrotté, toiletté les chevaux, lustré la sellerie et était même montée à cheval. Il l'avait laissée s'occuper de quelques chevaux maltraités qui s'étaient améliorés, lui apprenant à aller au-delà de ses attentes et à lire leur langage corporel et leur comportement. Elle s'était régalée, même si elle avait ressenti des courbatures dans des muscles dont elle avait oublié l'existence. Si son plan était de l'occuper afin qu'elle ne pense pas à la suite de sa vie, la mission était plus qu'accomplie. Et c'était plutôt bien qu'il n'ait pas essayé d'aller plus loin. Chaque soir, elle tombait dans un coma virtuel dès qu'elle posait la tête sur l'oreiller, il faut le reconnaître, plus tard que prévu, car elle s'était lancée dans son projet de recherches parallèles.

Sebastian resta silencieux, le reste du trajet. Il était perdu dans ses pensées aujourd'hui, et elle ne savait pas pourquoi. Est-ce qu'il redoutait lui aussi ce dîner ? Ou était-ce autre chose ? S'était-il rendu compte qu'il ne voulait pas continuer avec elle et se demandait comment la laisser tomber en douceur ? Quelle pensée déprimante ! Elle le désirait comme jamais elle n'avait désiré personne d'autre auparavant. À l'idée que ce ne soit pas partagé, elle eut envie de se faire toute petite dans son siège.

Tu n'as pas suffisamment d'éléments pour prouver tes dires. Arrête de tirer des conclusions hâtives.

— Laurel ?

Le son de sa voix la tira de ses pensées.

— Quoi donc ?

— Nous y sommes.

Le grand chalet en rondins brillait comme un joyau doré au milieu de la nuit d'hiver. Il était aussi chaleureux et accueillant que leur hôtesse qui venait d'ouvrir la porte et leur faisait signe d'entrer, avec un sourire avait aussi étincelant que la maison.

Laurel détacha la ceinture de sécurité et commença à sortir du pick-up, mais Sebastian prit sa main.

— Ça va ?

— Ça va - elle allait en rester là mais ne put s'empêcher d'ajouter - et toi ?

Ses yeux s'élargirent un instant, puis son expression se radoucit et il serra sa main.

— Ça n'a rien à voir avec nous.

Nous. Cette tout petite syllabe la tranquillisa. Ses épaules se détendirent.

— Allons socialiser.

— Entrez, entrez ! Ivy serra les épaules de Laurel lorsqu'elle franchit la porte.

Cela aurait dû la gêner, après tout elles ne se connaissaient pas. Mais Laurel sentit que son embarras n'avait pas lieu d'être face à l'enthousiasme non feint d'Ivy.

Elle s'attendait à ce que Sebastian soit sur son quant-à-soi, comme la fois où ils étaient allés en ville. Mais il était plus à l'aise avec Harrison et Ivy. Il était évident, en les voyant terminer de mettre la table et de préparer les boissons que les deux hommes se connaissaient bien. Et Sebastian taquinait Ivy avec la même affection platonique que Xander avait pour Laurel. Lorsqu'ils passèrent à table, elle participa, détendue, aux plaisanteries entre copains.

— Comment vous êtes-vous rencontrés, Harrison et toi ? demanda-t-elle.

— Oh, ma voiture a dévalé la montagne, à cause d'un ours. Harrison m'a sauvée.

Laurel n'en croyait pas ses oreilles.

— Une montagne ?

— Enfin, c'était pas si terrible. Ma Chevrolet blazer était complètement... mais ça aurait pu être pire. Et je ne me plains pas d'être restée coincée pendant des jours avec cette créature sexy à cause de la tempête de neige dans le Tennessee - elle agita sa fourchette dans la direction de Harrison - tu parles de trouver l'inspiration. C'était plutôt bien, car c'est pour ça que j'étais allée à la montagne. Le pire épisode de page blanche de ma carrière.

— Tu écris des romans ?

Les yeux vert clair d'Ivy s'illuminèrent.

— Sebastian ne t'a pas dit ?

— Il m'a dit que ce serait plus drôle de me laisser deviner, dit Laurel en regardant Sebastian.

Elle tambourina avec ses doigts et exulta en regardant Sebastian.

— Tu es un vrai ami !

— Ce n'est pas mon secret, et je sais combien tu te régales à voir combien de temps il faut pour le deviner.

— Tu dois lui donner quelques indices -interrompit Harrison - il faut être juste.

Ivy pencha la tête en réfléchissant.

— D'accord. Je ne suis pas ce que les gens croient.

— Tu appelles ça un indice ? demanda Sebastian.

— Je pense que Laurel peut s'en sortir avec ça.

— J'aime bien les défis - elle posa sa fourchette et regarda ses hôtes - j'imagine qu'Harrison était un Ranger, il se comporte comme Sebastian. Si c'était lui ta source d'inspiration, je me limiterais aux romans d'amour ou à intrigue. Tu as dit que ce n'est pas ce que croient les gens, donc j'élimine les romans d'amour et je m'oriente davantage vers les polars ou les romans à suspense. Le genre d'histoire d'un type qui se débrouille tout seul.

Son hôtesse sourit.

— Tu chauffes.

— Tu as parlé d'un attaché de presse l'autre jour. Je pense que ce n'est pas donné à tout le monde, donc cela est l'indication d'un certain succès.

— Tu brûles.

— Je n'ai pas eu vraiment le temps de lire pour mes loisirs ces dernières années, mais j'ai parcouru les listes des meilleures ventes avant de venir. Je ne me souviens pas d'avoir vu beaucoup de femmes dans le genre thriller et polar. J'en déduis que tu pourrais faire comme George Eliot et utiliser un pseudonyme masculin, ou du moins neutre.

Elle passa en revue dans sa tête les noms dont elle se souvenait. Un notamment avec plusieurs titres qui sont restés sur la liste des meilleures ventes du *New York Times* pendant des mois. Assise face à Ivy, elle eut un déclic.

— Fichtre, tu es Blake Iverson !

Ivy s'inclina avec un grand sourire.

— Pour te servir.

Sebastian était incrédule.

— Tu as deviné à partir de « Je ne suis pas ce que les gens croient ? »

— C'est un raisonnement déductif.

— Doux Jésus, on a en deux maintenant, grommela Harrison.

— Ne t'en fais pas, mon chéri - Ivy lui tapota la main - il faudra attendre jusqu'au dessert pour que nous prenions le contrôle du monde.

Sebastian semblait toujours abasourdi.

— Je commence à comprendre pourquoi tu es parmi les premiers de ta promotion.

Laurel sourit et se concentra sur Harrison.

— À toi. Ton nom n'était pas sur Amazon non plus, donc toi aussi, tu as un pseudonyme.

Il inclina la tête pour acquiescer.

— Ton ancien travail te prédisposerait pour des thrillers ou des polars, mais je me dis que tu es peut-être allé dans une autre direction - elle observa son t-shirt Battle star Galactica enfilé sur sa large carrure.

— Peut-être de la science-fiction militaire ?

Il sourit, amusé.

— Continue.

— C'est un genre que je connais beaucoup moins, donc c'est tout ce que je peux dire. Si ce n'est... Elle avait vu des livres de science-fiction militaire dans le salon de son frère. Ce n'était pas son genre habituel. Il semblait logique qu'il s'y soit intéressé s'il connaissait l'auteur. Quel était le nom au dos de l'ouvrage ? Elle ferma les yeux, pour essayer de se souvenir.

Richards. Ramsey. Rawls.

— Russell. John Patrick Russell.

Ivy cria d'étonnement et Harrison resta bouche bée. Il regarda Sebastian.

— Tu lui as dit.

— Je n'ai rien dit, promis, juré.

Harrison regarda Laurel avec méfiance.

— Tu lis dans la pensée des gens ?

— Non. Juste observatrice, et très douée pour la recherche.

— Que fais-tu ? demanda Harrison.

— Je termine ma dernière année de droit à Vanderbilt.

— Vraiment ? Quel est ton domaine ? demanda Ivy.

— Droit des sociétés. C'était une question normale, mais Laurel chercha immédiatement à détourner la conversation avant qu'on arrive à ce qu'elle voulait faire après la fac.

Ivy l'étudiait.

— Ce n'est pas ce que tu veux faire.

Laurel lança un coup d'œil à Sebastian, qui fronça les sourcils.

— Non, Sebastian ne m'a rien dit. Quand je t'ai posé la question, tu t'es raidie. Ce n'est pas ce que tu veux faire, mais tu y as consacré tant de temps, tu ne sais pas quoi faire d'autre, et ça commence à t'angoisser car tu vas bientôt passer ton diplôme. Pendant des années, tu t'es définie à l'aune de tes réussites académiques, tu vas te retrouver sous peu dans le monde réel où tu devras te définir différemment, et tu ne sais pas comment. Tu as une belle intelligence que tu ne veux pas gâcher et une saine réticence à l'idée de faire un saut dans l'inconnu sans avoir de projets concrets. Sans parler du fait que tu penses que si tu te détournes du solide bagage de ton éducation, ce serait à la fois du gaspillage et une trahison, et si tu devais le faire, quelle estime aurais-tu de toi-même ?

Ce fut au tour de Laurel d'écouter, abasourdie.

Harrison soupira.

— On en a déjà parlé, ma douce. Tu n'es pas censée faire le profil psychologique des invités.

Ivy eut la délicatesse de prendre un air contrit.

— Pardon, pardon, de vieilles habitudes. C'est juste que je le sens. Je sais exactement ce que ça fait de lutter contre ça car je l'ai fait. Je n'ai pas toujours fait le projet d'être écrivaine.

— Tu te préparais à quoi ?

— Je pensais devenir profileuse à l'unité d'analyse comportementale du FBI. J'ai fait du profilage presque toute ma vie, et j'ai un diplôme supérieur en psychologie criminelle. Mais j'ai compris que je n'avais pas la carrure.

— Donc, tu es... passée à l'écriture ? Laurel n'imaginait pas un tel changement.

— Dit comme ça, on dirait que c'était programmé. Pas du tout. Mais j'ai eu la chance de me mettre à écrire quand je me suis diplômée, et il s'est avéré que c'était mon truc.

— Tu regrettes d'avoir passé tant de temps à l'université ?

— Pas du tout. C'est grâce à la formation universitaire que j'ai reçue que je suis compétente dans mon genre littéraire. Ce n'est *pas pour ça* que les gens se forment en psychologie criminelle, mais j'ai réussi à faire en sorte que ça marche. Et en fait... tu peux faire toutes sortes de choses avec un diplôme en droit et pas seulement des contrats commerciaux ou des batailles judiciaires. Ce n'est peut-être pas le chemin le plus direct, mais ça ne veut pas dire que ce que tu trouveras est un mauvais choix.

Laurel resta pensive. Pour le moment, son seul exemple de changement de trajectoire avait été Logan, qui avait choisi quelque chose de complètement différent de ce qu'il avait fait. Mais Ivy lui ressemblait davantage. C'était quelqu'un de doué pour les études qui avait terminé ce qu'elle avait commencé et avait trouvé une façon non conventionnelle d'utiliser ses compétences en faisant autre chose. Et elle avait remporté un énorme succès en faisant cette autre chose. Laurel se dit qu'elle pouvait espérer trouver une réponse à son casse-tête. Une réponse qui la rendrait heureuse et lui permettrait de ne pas être rejetée par ses parents.

— C'est sûrement une idée à approfondir.

Ivy sourit.

— Mais pas en plein dîner avec des inconnus - elle se retourna vers Sebastian - à toi.

SEBASTIAN LEVA LA MAIN. Les compétences d'Ivy étaient toujours passionnantes tant qu'elle les exerçait sur les autres.

— Je n'ai pas besoin d'être analysé, Ivy.

— Non, mais il y a quelque chose que tu ne digères pas, et je parie que ça a à voir avec cette visite à domicile que Ty a dû faire ce matin, dit Harrison.

— Visite à domicile ? demanda Laurel.

Sebastian poussa un soupir, il aurait aimé avoir une solution.

— Oui, le bureau du shérif a eu un appel ce matin pour faire un contrôle dans le comté. Un homme âgé, veuf. On le voyait généralement chez le fournisseur de fourrage et de matériel agricole, une semaine sur deux, pour acheter des produits pour ses poulets et son cheval. Cette semaine, on ne l'a pas vu ; Stan, c'est le gérant du magasin, a appelé pour qu'on contrôle. En fait, Mr. Massey était décédé depuis plusieurs jours, si l'on s'en tient... si l'on s'en tient aux preuves. Les animaux étaient affamés.

Laurel se couvrit la bouche.

— Mon Dieu, c'est terrible. Qu'est-ce qu'il va leur arriver ? Il avait de la famille ?

— Non, il vivait seul. Un voisin prendra les poulets, mais il n'y a personne pour prendre le cheval. Ty s'est assuré qu'il soit nourri, qu'il ait de l'eau et que son box soit nettoyé, mais il a besoin d'un toit.

Son visage se radoucit lorsqu'elle eut compris.

— Et tu ne peux pas te permettre de prendre un pensionnaire de plus.

— Et si nous le parrainions ? Nous pouvons couvrir les frais, précisa Harrison.

Un étrange mélange de gêne et de gratitude l'assaillit. Leur offre était un témoignage de leur longue amitié, mais ça le gênait... Sebastian en avait marre de dépendre de la générosité des autres.

— Je suis vraiment touché, mec, mais ça ne résout pas le problème de la place. Nous sommes au complet.

Laurel devint pensive.

— Tu ne peux pas trouver quelque chose de provisoire ?

— En fonction des besoins, si. Pourquoi ? Il aurait presque pu voir les rouages de son cerveau tourner à plein régime.

— Le principale raison pour laquelle tu ne peux pas te développer davantage est d'ordre financier. Tu as dit toi-même que l'école d'équitation couvre à peine les frais des seize chevaux. Et si tu trouvais une autre source de revenus ? Le genre de revenus qui te permettrait d'avoir une plus grande installation, pour accueillir plus d'animaux et continuer à travailler avec des chevaux maltraités, ce que tu adores faire.

Pourquoi tu ne me souhaites pas de gagner au loto, tant que tu y es ?

— C'est un beau rêve, mais à moins de trouver la poule aux œufs d'or, je ne vois pas comment on pourrait faire.

— L'équithérapie pourrait être une solution. Tu le dis toi-même que les chevaux t'ont sauvé. C'est la chance d'offrir aux autres la même opportunité. Et comme ça, tu pourrais continuer ton travail sur les chevaux maltraités, ce qui est ta passion.

Sebastian était plutôt révulsé par l'idée. Déjà, il n'aimait pas trop enseigner l'équitation, et elle voulait en faire un thérapeute ?

Apparemment, il n'avait pas trop bien caché sa réaction, car Laurel était penchée en avant, le regard brillant, prête à convaincre l'auditoire.

— Je sais que tu n'aimes pas socialiser. Écoute-moi. Tu voudrais que ton activité avec les chevaux s'autofinance. La demande pour des cours d'équitation dans une ville de la taille d'Eden's Ridge ne suffit pas pour ton travail de sauvetage de chevaux.

La façon directe dont elle avait rejeté son idée pour couvrir les frais, lui donna envie de rentrer la tête dans les épaules. Mais elle poursuivait.

— L'équithérapie sert à un besoin concret. Inutile de te citer les statistiques sur les sans-abris, les dépendances et le suicide chez les vétérans. Ce sont les hommes et les femmes avec qui tu as servi, des amis. Il y a beaucoup de recherches qui attestent l'efficacité de l'équithérapie pour le traitement de pathologies comme l'angoisse, la dépression, le stress post-traumatique et j'en passe. Ce que je propose, c'est que tu mettes en place un programme thérapeutique qui développe ce que tu as déjà et tu pourrais engager un équithérapeute qui se chargerait du contact avec le public, je suis sûre que Logan a des conseils en la matière. Nous pouvons lui en parler à son retour, mais ça te laisserait plus de temps pour ta passion, t'occuper des chevaux et les rééduquer, et ça apporterait des fonds pour soutenir le programme et le développer davantage, un jour venant.

— C'est une *super idée,* dit Ivy.

C'était une super idée, elle proposait une solution qui tenait compte de tout ce qu'il lui avait dit. Il voulait que les chevaux soient autosuffisants, et ne pèsent plus sur son frère. Il voulait passer moins de temps avec les gens et plus avec les chevaux. Il avait lu quelque chose sur ce type de thérapie et savait que ça marchait. Vu sa propre expérience avec les chevaux, il était bien placé pour savoir que ça fonctionnait. Mais c'était un projet énorme, et elle n'avait pas encore abordé l'aspect financier.

— Je ne comprends toujours pas d'où viendrait l'argent.

— De subventions. Il y a 60 000 associations à but non lucratif en Amérique du Nord qui représentent plus de sept milliards de dollars de financement issus de programmes fédéraux, privés, d'entraide et de programmes de thérapie pour les vétérans. Il y a une myriade de financements. Il te suffit juste de les trouver et de les demander.

Autant chercher une aiguille dans une botte de foin.

— Tu fais la demande et tu reçois l'argent pour construire une autre écurie par exemple ?

— Bon, c'est un peu plus compliqué. Tous les financements n'ont pas les mêmes modalités. Le plus compliqué, pour les personnes intéressées, c'est de remplir les formulaires de demande, qui sont généralement inutilement complexes et déroutants. Il se trouve que tu as, à tes côtés, une experte dans l'art de se sortir de l'inutilement complexe et déroutant. J'ai déjà plus de six possibilités imprimées et annotées à l'exploitation.

Sebastian se contenta de la regarder fixement.

À l'armée, c'était lui qui réglait les problèmes. Le type que tout le monde allait voir pour se faire aider. Lui n'avait jamais rien demandé même lorsqu'il en avait eu besoin. Il avait reproduit ce modèle, une fois sorti de l'armée. Il avait lutté chaque jour que Dieu fait pour aider ce cheval. Il s'était démené pendant des semaines pour voir comment étendre le programme, sans résultat. Et elle arrivait avec une solution.

Il ne savait pas si c'était réalisable. Il ne savait pas non plus ce que Logan dirait ou si ça pouvait fonctionner. Il était tout simplement bouleversé par l'attention qu'elle avait consacrée à résoudre un problème dont il lui avait parlé sans lui demander son aide et par la solution proposée qui tenait compte de tout ce qu'il lui avait dit.

A ses côtés, l'enthousiasme de Laurel se dissipa.

— Ce n'était qu'une recherche rapide. Si tu préfères te concentrer sur le travail de sauvetage proprement dit, je suis sûre qu'on trouvera quelque chose. Je peux...

Il leva la main, l'interrompant dans ce qu'elle allait ajouter.

— Arrête.

Elle posa les mains sur ses genoux, adoptant ce masque poli qu'il lui avait vu avec ses parents.

— Excuse-moi, j'ai dépassé les bornes. Je suis en quelque sorte conditionnée pour faire des recherches et documenter. Pure déformation professionnelle.

Sebastian secoua la tête, essayant de retrouver ses idées et de la tranquilliser.

— Ce n'est pas ça.

— Et c'est quoi alors ?

— Il faut bien voir la réalité en face.

Elle se pencha vers lui en fronçant les sourcils.

— Tu ne dois pas renoncer. Nous trouverons autre chose. Je suis sûre qu'il y a...

— Ce n'est pas du cheval que je parle.

Comment pouvait-il se défendre devant cette femme ? Avec son cerveau immense et son cœur encore plus grand ? Comme Ranger, il avait été entraîné à ne jamais admettre la défaite, à aller de l'avant. Toujours plus, quoi qu'il advienne. Mais aussi fort et têtu qu'il fût, il ne croyait plus arriver à lutter contre ce qu'il ressentait pour elle, il n'était même plus sûr de le vouloir.

— Ce que je veux dire, c'est que je suis totalement et irrémédiablement fou de toi.

Sebastian pensait qu'il en fallait beaucoup pour laisser Laurel Maxwell sans voix. Il voulut se pencher et embrasser ce "Oh" qui se dessina sur ses lèvres.

De l'autre côté de la table, Ivy exultait.

— Je le savais !

— Tais-toi, Ivy - il tendit la main et trouva la main de Laurel sous la table, détendit ses doigts serrés et les enlaça aux siens - Merci. Je ne sais pas si ces financements fonctionneront ou pas, nous parlerons à Logan à son retour. Mais merci pour tout ce que tu fais.

Elle rosit de plaisir, des joues à la gorge.

— C'est le minimum.

— Ton minimum dépasse le maximum de beaucoup de gens. Tu es une sacrée bonne femme.

En entendant un clic, tous deux regardèrent Harrison, qui tenait son téléphone.

— Qu'est-ce que tu fabriques ? lui demanda Sebastian.

— Je fournis des preuves. Sinon, Ty et Porter ne le croiront jamais.

— Tu es mort, Wilkes.

Harrison se limita à sourire.

— Et toi, tu es cuit.

aurel resta silencieuse pendant tout le retour, elle avait trop de choses en tête pour flirter. Pour la première fois de sa vie peut-être, elle pensait vraiment qu'il y avait une façon de sortir de la cage dans laquelle elle s'était enfermée. Ivy avait raison. Il y avait plus de possibilités avec un diplôme en droit que ce qu'elle se figurait. Elle ne les avait pas envisagées parce qu'elles ne faisaient pas parties du « Projet, » et le « Projet » était pratiquement gravé dans la pierre depuis la nuit des temps.

Sebastian gara le pick-up près de l'écurie. Il s'appuya sur le volant et se tourna vers elle.

— Tout va bien ?

— Je repense à ce que disait Ivy.

— Ivy a dit beaucoup de choses ce soir.

Son ton acerbe fit pouffer Laurel.

— C'est vrai. Je l'aime bien. Elle avait tout juste dans le profil psychologique qu'elle a fait de moi. J'ai tellement de mal, ne serait-ce qu'à envisager de faire autre chose, car cela équivaudrait à laisser tomber. Car lorsque tu es douée, que ce soit dans les études, les arts, n'importe quoi, c'est comme ça qu'on te juge par rapport à ce don, toujours. Si tu n'en fais rien, c'est du gaspillage. Cela comptait pour moi, c'est pourquoi je n'ai jamais pensé à autre chose.

— Et tu y penses maintenant ?

— C'est difficile de ne pas le faire, mais ça fait peur.

— Comme tout changement. Accompagne-moi à la maison, je veux te raconter quelque chose.

Ils sortirent du pick-up, et il lui prit la main pour gravir la colline jusqu'à son petit chalet. Elle aimait sentir sa large paume que le travail avait rendue rugueuse autour de la sienne. Cette force tempérée de douceur dans ses mains, c'était l'image même de l'homme. L'homme qui avait avoué qu'il était fou d'elle. Elle eut le vertige en y pensant et espéra qu'elle sentirait ses mains sur tout son corps avant la fin de la nuit.

— Tu m'as demandé l'autre jour pourquoi je ne suis pas resté dans l'armée après être devenu un Ranger. Ce n'était pas la bonne question. La question est pourquoi je suis entré dans l'armée tout court.

— Fichtre oui, je me suis posé la question.

— Je n'ai pas connu mon père. Il n'a jamais voulu s'investir et maman a épousé Kevin quand j'avais trois ans environ, ce qui fait que je ne me rappelle que de lui. C'est lui qui m'a élevé, enfin quand il était là du moins. C'était un militaire de carrière, il était en mission la plupart du temps, donc c'est surtout ma mère et Walter qui m'ont élevé.

— Qui est Walter ?

— Walter Perkins. Il était l'entraîneur-chef et une sorte de père de substitution lorsque Kevin était absent - il ouvrit la porte et la fit entrer, puis se dirigea vers la cafetière - fais comme chez toi.

Laurel ferma la porte et s'arrêta. La maison devait arriver difficilement à cent mètres carrés, avec une cuisine ouverte sur le salon et un petit couloir qui devait mener vers deux chambres et une salle de bain. Le mobilier était minimaliste, avec un fauteuil inclinable La-Z-Boy, un divan probablement d'occasion et une table basse en bois de récupération. En dehors de quelques revues sur les chevaux éparpillées sur la table, il n'y avait pas de babioles, de photos, rien qui donnât du caractère ou fût révélateur d'une présence. Peut-être parce qu'il était minimaliste ou ne s'autorisait pas à s'installer quelque part ?

— Désolé pour la décoration de célibataire. Je n'invite jamais et je me contente de peu.

Craignant qu'il ne puisse se sentir gêné par son milieu social, Laurel sourit.

— Tu plaisantes ? J'ai fauché le même fauteuil La-Z-Boy à mon grand-père pour décorer mon premier appartement. J'adore ce fauteuil. Il est usé à point et a servi à tant de siestes - elle avança et s'appuya contre le comptoir pour qu'il poursuive – tu en étais où ?

Sebastian mesura méthodiquement la quantité de café et ajouta de l'eau dans la machine. Lorsque celle-ci commença à glouglouter, il recula vers le comptoir en face d'elle qu'il entoura de ses mains, manifestant une agitation inhabituelle.

— Quelques semaines avant que je passe le bac, maman et Walter étaient allés livrer un cheval qui avait été vendu. Au retour, ils ont été percutés par un chauffard ivre. Ma mère est morte sur le coup, Walter est décédé dans l'ambulance. Elle perçut la douleur qui le traversait, même s'il essayait de la masquer.

Choquée, déchirée pour le petit garçon qu'il avait été, Laurel s'éloigna de l'îlot et le rejoignit pour l'enlacer.

— Je suis désolée, Sebastian.

Il resta là, figé, un moment. Elle imaginait la peur et l'angoisse qui lui revenaient à l'esprit. Finalement, il se pencha, la rapprochant un peu plus et enfouit son visage dans ses cheveux. Ils restèrent ainsi, en silence, jusqu'à ce que la machine à café sonne. Il la lâcha à grand-peine.

— Kevin était en mission à l'époque. Il lui fallut plus d'une semaine pour rentrer aux États-Unis. Seul. Il avait vécu tout ça entièrement seul. La seule pensée lui noua la gorge, elle se retint alors qu'il l'embrassait sur le front et se tourna pour servir le café.

— Après les obsèques, il ne savait pas quoi faire de moi, et pourquoi aurait-il dû, d'ailleurs ? Il avait été plus absent que présent. Mais nous étions seuls, désormais. Il n'y avait pas d'argent pour l'université, même si j'avais voulu y aller. Les gens pour qui maman travaillait m'ont offert un travail, mais je ne me voyais pas rester là sans elle ni Walter. Ça faisait trop mal. Et lorsque Kevin m'a suggéré d'envisager de m'engager, c'est ce que j'ai fait.

Elle avait du mal à l'imaginer. Aller au camp d'entraînement avec cette douleur encore à vif et aucune aide.

— Nous avions enfin quelque chose en commun. Je me suis convaincu que si j'arrivais à faire partie des Rangers, l'élite, il serait fier de moi. Il ne s'est pas beaucoup manifesté, pendant tous ces mois. Il était en mission et moi, je me tuais à la tâche. Lorsque je suis sorti de la Ranger School et que j'ai rejoint le 75ᵉ régiment, j'ai réussi à lui faire un appel vidéo pour le lui dire. Et devine ce qu'il a répondu ?

Laurel prit la tasse qu'il lui tendait.

— Quoi donc ?

— C'est bien. Tu es maintenant un putain d'homme qui peut s'occuper de lui. Contrôle tes arrières et bonne vie à toi.

Et c'était le père de Sebastian, soi-disant ? Sa famille. Il venait de l'effacer ? Laurel n'arrivait pas à le concevoir. Scandalisée, elle posa bruyamment sa tasse.

— *Bonne vie* à toi ? Qu'est-ce qui ne tournait pas rond chez lui ?

Sebastian entoura la tasse de ses deux mains.

— Je pense que c'était sa façon de faire son deuil. Je me suis jeté dans le travail avec la même détermination que durant l'entraînement. Je me suis dit que je monterais en grade, et que j'aviserais ensuite. J'étais compétent, j'ai fini dans une unité avec Harrison et Ty. J'ai trouvé une seconde famille. C'était le bon côté. Mais Kevin... il m'a fallu des années pour accepter qu'il ne m'ait jamais considéré comme son fils. C'est à ce moment que j'ai réalisé que j'avais fait toutes ces conneries pour l'armée non pas parce que j'y croyais, mais dans l'espoir d'impressionner quelqu'un qui s'en fichait royalement. J'ai quitté l'armée.

Travailler si dur, faire autant d'efforts, pour un travail qui était incontestablement l'un des plus exigeants au monde, et réaliser que c'était pour des prunes. Laurel avait du mal à le concevoir. Mais elle commençait à voir où il voulait en venir.

— Et tu es venu ici ?

— Non, j'ai passé dix-huit mois à la dérive. J'ai fait des petits boulots, j'ai essayé de me reprendre en main. Tout ce que j'ai fait au nom du devoir, devoir qui me semblait loin d'être un engagement profond, ça m'a rendu fou. J'en ai souffert sérieusement, un traumatisme que j'essaie encore de soigner. Des choses auxquelles je serai probablement confronté toute ma vie. Je t'explique tout ça pour te montrer combien il est illusoire de vivre en essayant de plaire à quelqu'un d'autre. La véritable erreur, dans ton cas, n'est pas d'utiliser tes dons pour un parcours différent, moins linéaire mais de les utiliser pour servir l'idéal de quelqu'un d'autre, dans une vie qui ne te conviendra pas. C'est pour ça que j'insiste, je ne veux pas que ça t'arrive.

En faisant dévier la conversation, il montrait clairement qu'il avait fini de parler de lui. Il ne cherchait pas de réconfort ni de compréhension. Il voulait illustrer son argumentation, elle fit ce qu'il espérait et ramena la discussion sur elle.

— Moi non plus.

— Et que veux-tu ?

Il le lui avait demandé tant de fois depuis qu'elle était à

Eden's Ridge. Chaque fois, la peur l'avait empêchée de vraiment affronter la question. Mais ce soir... ce soir, elle sentait qu'elle avait finalement une réponse. Ou une partie de la réponse, du moins.

— Je ne suis pas sûre. Ce n'est pas juste le poste à New York. Je ne veux pas être avocate. Je ne veux pas être ce que mon père voudrait que je sois - elle inspira une fois encore et eut l'impression que sa respiration était plus libre, plus naturelle - mon Dieu, je le pense vraiment. Je ne veux pas être avocate. C'était énorme de l'avouer. À lui, à elle-même. Parce que ça voulait dire trouver une nouvelle voie, un nouveau projet.

— Ce n'est pas trop tard pour changer. Je l'ai fait. Et peut-être que je suis encore en train de définir ma nouvelle vie, mais j'ai fait le choix. Tu viens de franchir la première étape. Comment te sens-tu ?

Elle réfléchit à la question. Elle réfléchit aussi à l'homme qui l'avait encouragée à dépasser ses craintes pour arriver à ce point. Elle n'y serait pas arrivée sans lui.

— C'est comme si on m'enlevait un poids. C'est effrayant et excitant. Et... c'est quelque chose qui mérite d'être fêté.

～

ELLE LE REGARDA à travers ses cils baissés, Sebastian sentit son sang bouillir.

Il s'était retenu jusque-là, il voulait gagner sa confiance, la convaincre qu'elle pouvait et devait faire autre chose que ce qu'elle s'était tracé.

Mission accomplie.

Mais ce n'était pas seulement pour ça qu'il s'était retenu. Il pensait qu'il pouvait protéger une partie de lui. Ne pas trop s'impliquer émotionnellement, afin que ça ne lui fasse pas trop mal lorsqu'elle partirait. Ce soir, elle avait fait voler tout ça en éclats avec son grand projet et sa foi inébranlable en la capacité qu'il avait de mener à bien son idée. Son départ le mettrait vraiment à genoux. Il allait donc prendre ce qu'elle avait à offrir, se donner à tous les deux ce qu'ils désiraient depuis le début.

Très posément, il poussa son café et fit glisser la tasse de ses doigts.

— En effet, ça vaut vraiment la peine de fêter ça.

Il fit glisser ses mains sur les siennes, la sentit frissonner lorsqu'il replia ses doigts sur ses fines mains.

— Tu sais que je me suis dit que je résisterais, je voulais garder mes distances.

Une lueur d'irritation voila le regard de Laurel.

— Pour mon bien ?

Il secoua la tête, sans la quitter du regard.

— Pour le mien. Je ne veux pas m'attacher et je n'aime pas les rencontres sans lendemain. Je savais d'entrée de jeu qu'avec toi, ce ne serait pas ça. Tu n'es pas la femme d'un soir.

Elle fronça les sourcils.

— Et que suis-je ?

Il traça des cercles à l'intérieur de ses poignets avec les pouces, il sentait son pouls qui cognait.

— Tu es le genre de femme pour qui on affronterait tous les dragons du monde et qu'on présenterait à sa mère. Et une nuit ou une semaine ne seront jamais assez.

— Oh. Elle était extrêmement éloquente et avait réponse à tout. Sebastian était ravi de lui avoir causé un choc monosyllabique pour la deuxième fois de la soirée.

— Je me suis dit que ce serait pire si je commençais quelque chose en sachant ce que je perdrais par la suite. Mais bon sang, je ne peux pas m'éloigner de toi. Donc, si tu ne veux pas... si tu n'es pas sûre, c'est toi qui dois t'arrêter.

L'ombre dans ses yeux se dissipa quand elle s'approcha, réduisant la distance.

— Je le veux. Je te veux.

Il gémit en refermant les lèvres sur les siennes, avalant son soupir. Il était déjà dur lorsqu'il l'attira, la plaquant contre lui. Elle se frotta contre la bosse dans son jean, ouvrit la bouche pour un baiser profond, collant la langue à la sienne. Il se sentit submergé par sa saveur, sucrée et tentatrice, en fut étourdi, assoiffé.

Il avait besoin de sa peau, besoin de sentir sa tiédeur dans ses mains, sous la langue. Il s'aventura sous son sweat-shirt, dégrafa son soutien-gorge et se remplit les mains de ses seins. Ils étaient lourds, parfaits, le mamelon dressé de désir alors qu'il traçait des cercles avec les pouces.

— Oooh - les yeux voilés, elle s'abandonna lorsqu'il suivit du doigt chaque pointe tendue - encore, j'en veux plus.

Sebastian ne se fit pas prier, il arracha son sweat-shirt et son soutien-gorge, dévoilant sa poitrine à ses yeux affamés. Sa peau laiteuse rosit, au rose foncé de l'auréole suivait la nuance plus claire des mamelons.

Quelle splendeur ! Il se pencha pour prendre une pointe dressée dans sa bouche.

Laurel gémit, elle se pressait un peu plus contre lui à chaque coup de langue et à chaque succion, et chaque fois qu'il tirait, elle collait ses hanches aux siennes, ce qui le rendait encore plus fou de désir. Il glissa les mains le long de son dos, et les enfila dans son pantalon, soulagé que ce soit des leggins alors qu'il les faisait glisser avec sa culotte le long de la courbe de ses hanches. Il lâcha son mamelon en le mordillant et s'agenouilla, faisant valser ses bottines et tous les vêtements.

Sa respiration était haletante pendant qu'il l'aidait à se débarrasser des vêtements. En la voyant ainsi, entièrement nue dans sa cuisine, les yeux pleins d'envie et de désir, son sexe se durcit à l'impossible. L'envie de la plaquer sur la première surface plate et de s'enfoncer en elle en était presque douloureuse. Mais ça se conclurait beaucoup trop vite. Il voulait prendre son temps, que ça dure.

— Quelle peau douce - Sebastian fit glisser ses doigts de ses chevilles à l'arrière de ses jambes, pensant aux différentes façons de vénérer son corps sculptural. Mais il sentait déjà son excitation et cela importait plus que tout le reste - Je vais embrasser chaque centimètre de ta peau, mais avant, je veux te goûter. Tiens-toi au comptoir.

— Oh.

À nouveau, les monosyllabes. Il en sourit. Mais comme elle ne bougeait pas, il leva les yeux et vit qu'elle avait les yeux fermés, l'air crispé.

— Laurel ?

Ses yeux se reconnectèrent aux siens, la pupille absorbant presque toute la couleur de l'œil.

— Quoi ?

— Ça te va ?

Elle passa les doigts dans ses cheveux, frottant légèrement le cuir chevelu de ses ongles, il s'abandonna au contact.

— Ça me va plus que bien. Après un dernier baiser gourmand, elle se pencha en arrière et s'agrippa au comptoir.

Sebastian ne la quitta pas des yeux lorsqu'il lui écarta les jambes, il voulait être sûr que ça lui plaisait qu'il embrasse la peau délicate à l'intérieur de ses cuisses. Elle trembla et déglutit. D'excitation, pas de peur. Tranquillisé, il écarta ses plis et la lécha. Elle allait et venait contre sa bouche et gémit.

— Douce à en perdre la raison, il s'approcha encore, attrapa ses cuisses et se mit à la besogner, veillant à satisfaire son plaisir avec la même intention sans faille qu'il mettait dans une mission.

Les mains de la jeune femme lâchèrent le comptoir et s'insinuèrent dans ses cheveux alors qu'il la faisait mourir de plaisir.

— Encore, elle haleta, plus et plus, je veux... je veux.

Sebastian enfila deux doigts en elle tout en encerclant son clitoris avec la langue, elle explosa, secouée par cette montée brutale de plaisir et hurla son nom.

Ses jambes tremblaient lorsqu'il souleva la tête et lui lança un regard coquin.

— Je n'aurais jamais pensé que tu étais du genre à hurler.

Elle s'affala contre le comptoir et le regarda, les paupières lourdes.

— Moi non plus.

Il se leva, glissant la main à l'arrière de ses jambes, sur ses fesses.

— Je n'ai jamais rien vu d'aussi torride. Je veux t'entendre le refaire quand je serai en toi.

Un autre frisson la parcourut lorsqu'elle passa la main derrière sa nuque.

— Alors, fais vite.

Sebastian la souleva, enroula ses jambes autour de sa taille et l'embrassa tout en se dirigeant d'un bon pas vers la chambre. Il la déposa sur le lit, s'écartant à une vitesse qui battait tous les records pour se déshabiller et attraper un préservatif dans la table de chevet.

— Fais vite. Ses mots étaient une mélodie dans ses veines alors qu'il s'allongeait sur elle et se calait dans le creux de ses hanches, son membre en érection se frottant à son entrée.

— Vite.

Elle était mouillée, prête. Il y avait veillé. Il pouvait s'enfoncer en elle d'une seule poussée, dure et rapide et les expédier au septième ciel. Mais alors qu'il la couvrait, il regarda son visage éclairé par la lumière du couloir, s'arrêta, voulant graver cet instant dans sa mémoire. Cette femme belle et brillante le voulait, avait besoin de lui.

Et lui aussi.

La vérité le submergea et le laissa stupéfait. C'était plus, beaucoup plus que ce qu'il avait pensé.

Elle enveloppa son menton de ses mains.

— Sebastian ?

Il vit reflétée dans ses yeux sa propre vulnérabilité et perdit de son ardeur. Il ne se précipita pas. Il enlaça leurs doigts, fixa son regard sur elle alors qu'il s'enfonçait doucement en elle, un millimètre à la fois. Il se délecta devant la palette de ses expressions lorsqu'il la pénétra. Le frottement était une torture délicieuse, tout son corps tremblait dans l'effort de garder le contrôle.

Lorsqu'il fut enfoncé jusqu'à la garde dans son étroite moiteur, il colla son front au sien.

— Putain, tu es sublime.

Elle se pressa contre lui en se cambrant, serrant les jambes autour de sa taille, il se pâma de plaisir.

— C'est si bon.

Sebastian l'embrassa à nouveau et commença à bouger, savourant tout ce qu'elle offrait avec son corps et plus même, jusqu'à ce que, haletant tous les deux, elle le supplie.

— *Plus fort, plus vite, encore, oh oui.*

Et lorsque l'orgasme fusa en elle tel un éclair, et que son corps en se contractant l'entraîna dans le plaisir, il sut qu'avec cette femme, il aurait toujours la même requête.

Encore.

8

Eh bien, la banque, l'exécuteur testamentaire ou autre vont avoir du pain sur la planche. Sebastian entra dans la vaste ferme aux côtés de Laurel, la peinture en était décatie et les marches du perron défoncées. L'ensemble respirait un air d'abandon qui témoignait probablement de l'âge et de l'infirmité de Josiah Massey. Il n'osait pas penser à ce qui l'attendait dans l'écurie, plus grande que prévue, à cinquante mètres environ de la maison. Peu importe. Il ne se préoccupait pas de la propriété. Seul le cheval l'intéressait.

Laurel serra les épaules, tremblant de froid, glissa les mains dans ses poches et continua à observer la maison.

— Je ne sais pas. La structure est bonne. Ça pourrait être ravissant après une bonne couche de peinture, et des jardinières. Pourquoi pas un fauteuil suspendu sous le porche, il faut juste la bichonner.

Amusé, Sebastian observa. Il connaissait suffisamment Laurel maintenant pour savoir que malgré son éducation, elle n'était pas snob pour deux sous. Mais ses points de vue l'étonnaient toujours.

— Je ne pensais pas que tu étais branchée dans la restauration de maisons.

Elle haussa les épaules.

— J'aime les vraies maisons, pas celles des magazines. La maison dans laquelle j'ai grandi était dans les revues d'architecture. Et gare à nous si on laissait nos chaussures à l'entrée arrière ou si nos lits n'étaient pas faits. Que penseraient les gens ? - elle pencha la tête pour évaluer la maison dans son ensemble et Sebastian pouvait la suivre dans l'inventaire qu'elle faisait, énumérant les interventions nécessaires - on sent la vie dans cet endroit. On s'imagine bien, les pieds sur la rambarde du porche, en train de déguster une citronnade, ou un café chaud. C'est pour ça que j'ai toujours aimé aller chez Logan. Je peux m'y détendre et être moi-même. Me promener avec les chiens, passer du temps en chaussettes, avec un vieux jean et mon sweater le plus confortable.

C'était ça, la vraie Laurel, constata Sebastian. Celle qui n'avait pas besoin d'artifices ou de bonnes manières ou de se préoccuper des apparences. Celle qui avait partagé son lit la nuit dernière comme si elle l'avait toujours fait.

Elle se dirigea vers la maison et Sebastian lui emboîta le pas.

Elle monta les marches du perron, une main sur la rambarde.

— Si c'était ma maison, je la peindrais dans un joli bleu gris, tu sais, cette couleur que tu vois dans les montagnes Blue Ridge, avec une belle frise blanche en contraste. Pour la façade, je mettrais des fougères tombantes. Peut-être deux tonneaux encadrant la porte, ils seraient remplis de pétunias et d'impatientes. Quelque chose de coloré et de joyeux. L'écurie serait peinte en rouge.

Voulant poursuivre le jeu un instant, il acquiesça.

— Bien sûr.

— Ici, je mettrais un fauteuil suspendu. Un fauteuil énorme où on peut mettre des coussins. Ou alors un banc balancelle vintage, comme celui qu'avaient mes grands-parents. Et tous les matins, je viendrais y boire mon café en regardant les chevaux. Elle s'appuya contre la rambarde en soupirant de plaisir comme si elle pouvait voir la scène.

Arrivant derrière elle, il l'enlaça contre la balustrade, il adorait quand elle s'appuyait contre lui...

— Est-ce qu'il y a des chevaux dans ce rêve ?

— C'est évident, regarde la dimension de l'écurie - tous deux se retournèrent vers la structure imposante qui avait sûrement accueilli plus de chevaux dans le passé - à quoi d'autre me servirait-elle ?

— À quoi, effectivement ?

Alors qu'elle continuait à peindre un tableau avec les mots, Sebastian pouvait le visualiser. Il pouvait la voir ici. Et mieux encore, il pouvait se voir à ses côtés. Il pouvait s'imaginer se réveillant avec elle, comme ce matin, se tournant vers elle pour faire l'amour à moitié endormi avant d'entamer la journée du bon pied par les tâches à l'écurie et une tasse de café, grâce à son sourire plein de douceur. Il aimait l'avoir dans son lit, dans sa vie.

Or, c'était une pensée dangereuse. Quoi qu'elle décide pour sa carrière, elle n'allait pas rester dans une petite ville du Tennessee, juste pour être avec lui. Elle voudrait utiliser sa grande et belle intelligence qui serait gâchée ici. À la fin de ce séjour, elle rentrerait à Nashville puis, qui sait où ? Leurs jours ensembles étaient comptés. Il ferait mieux de s'en souvenir.

Il devait effacer cette image mentale qu'elle avait créée avant qu'elle ne s'installe et s'incruste dans sa tête, il se redressa et se dirigea vers le pick-up.

Quand Laurel l'eut rejoint, il avait baissé la rampe de la remorque et attrapé une longe.

— Allons faire connaissance avec Maestro.

La lumière matinale filtrait par de hautes fenêtres, illuminant la longue allée centrale de l'écurie. Elle était plus grande que celle de Logan avec, à vue d'œil, plus de douze box.

— C'est grand. La voix de Laurel résonna dans l'espace vide.

— Oui. C'est vieux, mais bien construit. À ce qu'il paraît, lui ou son prédécesseur avait une entreprise fleurissante. Ça l'intriguait. Avec un peu plus de mille âmes, Eden's Ridge n'était pas assez grand pour justifier la présence d'un tel endroit, juste pour héberger des chevaux. Une structure de cette taille devait être utilisée pour de l'élevage ou de l'entraînement. Des Tennessee Walkers ? Des Quarter Horses ?

— Je me demande pourquoi Mr. Massey n'avait qu'un seul cheval.

— Il ne pouvait probablement pas se permettre d'en avoir plus.

Au bout de la rangée, un sabot cogna bruyamment contre la paroi d'un box.

— Impatient, murmura Sebastian.

— Il faut le comprendre. Tu n'as pas dit qu'il est resté seul plusieurs jours jusqu'à hier ? Je suis étonnée que Ty l'ait fait rentrer dans le box.

— C'est vrai. Je veux le faire sortir, l'inspecter pour voir s'il est blessé. Ty n'a pas suffisamment d'expérience pour remarquer quelque chose qui ne saute pas aux yeux. Il est probable qu'il se soit blessé en essayant de sortir alors qu'il avait faim.

À la porte du box, Sebastian put enfin voir Maestro. Du haut de son mètre soixante-deux, l'Appaloosa avait un manteau gris foncé qui devenait blanc tacheté, caractéristique de la race. On le devinait, du moins, caché sous la crasse.

— Quel beau cheval que voilà !

Le hongre renâcla d'irritation, balançant la tête comme pour dire *il t'en a fallu, du temps !*

Sebastian récupéra une carotte de son manteau et la lui tendit à plat sur la paume de sa main. Maestro la cueillit littéralement, l'engloutissant en trois bouchées rapides avant de secouer la tête et de tourner sur lui-même.

— On aime ça ! Tu en veux une autre ?

Ils répétèrent la scène deux fois avant que Maestro ne tolère une caresse sur le museau.

— Allez, sortons et voyons ce qu'il en est. Tout doucement, Sebastian enleva le lien de la porte et l'ouvrit.

Quelque chose bondit entre ses jambes en hurlant.

Laurel sursauta et cria.

— Qu'est-ce que c'était ?

Tous deux fixèrent la botte de foin où avait disparu la créature.

— Je suis pas sûr.

Laurel pâlit.

— Les rats ne font pas ce genre de bruit, que je sache !

— Non, à vue de nez, je dirais un chat. Notre garçon n'était peut-être pas tout seul. Sebastian se tourna vers le box, s'y glissa, le verrouillant automatiquement derrière lui puis, faisant face au cheval, il attendit qu'il s'approche de lui.

Ce ne fut pas long. Il laissa Maestro le renifler tout en caressant son long cou. Ce cheval n'avait pas été négligé, en dehors des derniers jours. Il n'était pas nerveux ni furieux. C'était un changement agréable par rapport à ceux qu'il avait en traitement.

— Tu peux m'ouvrir la porte ? Il accrocha la longe au licol de Maestro et le conduisit hors du box, dans le soleil revigorant de l'hiver.

Dans l'enclos, il attacha l'animal à une barrière et passa avec soin la main sur chaque centimètre pour contrôler s'il sentait de la chaleur ou tout autre signe de blessures ou d'infection. Maestro se prêta à l'inspection, bougeant parfois et remuant la queue, mais toujours très calme.

— Il est en bonne forme. Un bon toilettage ne lui ferait pas de mal, mais pour le reste il s'en tire pas mal.

— Qu'est-ce qu'il va devenir ?

— Je vais le prendre pour le moment. Mais après... tout dépendra de la succession de Massey. Il semblerait, d'après ce qu'a dit Ty, qu'il n'ait pas d'héritier direct. Je ne sais pas ce qu'il y avait dans le testament de ce vieux monsieur, ou même s'il y a un testament tout court mais j'imagine que la propriété sera vendue pour rembourser des dettes éventuelles. Et le cheval peut être considéré comme en faisant partie. Tout dépend de ce que dira l'exécuteur testamentaire. Je m'occuperai de lui en attendant.

Laurel caressa le cou du cheval.

— Alors, embarquons-le et amenons-le à la maison.

En l'entendant appeler la ferme la maison, Sebastian marqua un temps d'arrêt. Il y avait une petite lueur d'espoir, peut-être... oui, peut-être...

Ne sois pas bête.

Il savait bien quelles étaient les règles du jeu, et les pour toujours n'avaient pas voix au chapitre. Il valait mieux qu'il se mette ça bien vite dans le crâne.

En claquant la langue, il tira son protégé vers la remorque.

Sur la rampe, Maestro rechigna.

— Allez, mon grand, tu ne peux pas rester ici. Sebastian le fit tourner et essaya à nouveau, sans résultat.

— Nous avons de la compagnie, dit Laurel tout bas.

Sebastian regarda derrière lui et vit un chat tigré hirsute qui sortait de l'étable. Il lui manquait presque toute une oreille, et il arborait une cicatrice sous l'œil gauche qui lui donnait un air de pirate. Maestro bougea la tête, le chat se redressa et approcha.

— C'étaient des copains d'étable, on dirait, commenta Sebastian.

— On ne peut pas le laisser - Laurel se dirigea vers le chat, elle s'accroupit lorsque la bête s'aplatit sur le sol - minou, minou, viens, bébé.

Sebastian se demanda s'ils arriveraient à l'attraper.

— Je fais monter le cheval et je viens t'aider avec le chat.

Cette fois-ci, le cheval alla sur la rampe d'un pas sûr.

— Bravo !

Lorsque le cheval fut attaché, Sebastian se prépara à l'idée de se faire griffer pour aider Laurel à attraper le chat. En sortant de la remorque, il tomba à la renverse en la voyant avec un énorme chat dans les bras. Le gros matou ronronnait comme un vieux rafiot, ses yeux verts s'étiraient de plaisir, alors qu'elle le grattait derrière son oreille valide.

— Tu as été rapide !

— Mais on est un gros nounours. Elle tenait l'animal comme si c'était une petite touffe de poils et non pas un gros matou aguerri.

— Ses cicatrices semblent dire le contraire.

— Comme les tiennes. Mais toi aussi, tu es un gros nounours.

Sebastian en resta coi.

Laurel rit et lui envoya un baiser.

— Promis, je ne le dirai pas à tes copains Rangers, je ne vais pas ternir ta réputation.

Punaise, cette femme l'avait percé à jour en une semaine. Qu'est-ce qu'il allait devenir lorsqu'elle partirait ?

— C'est bien, Trish. Maintenant, je veux que tu tentes le trot. Assise cette fois, non pas le trot enlevé.

Laurel se laissa guider par la voix de Sebastian jusqu'au rond de longe, où une blonde dans un parka bleu vif montait Blossom. Sa poitrine plantureuse ballottait à chaque pas. Laurel sourit, compatissante, alors que Sebastian lui donnait des instructions pour rester solidement assise. Tout en les regardant évoluer, il traversa pour la rejoindre sur la barrière.

— Ce n'est pas vraiment inné chez elle, murmura Laurel.

— Il faut bien commencer, il haussa la voix. Fais encore deux tours, puis reviens au pas et commence à ralentir.

— Oka..a..ay. Trish rebondit, en hoquetant.

Lorsque Sebastian se tourna vers elle, Laurel se hissa sur la barrière pour cueillir un baiser sur ses lèvres. Elle ne loupa pas la mine renfrognée de Trish et esquissa un sourire à la dérobée. Cette fille n'était pas là pour les chevaux.

Désolée, ma chérie, il est à moi.

— Tu as d'autres leçons aujourd'hui ?

— Plus tard dans la soirée, pourquoi ?

— Parce qu'il m'est venu à l'esprit qu'Athena et Logan n'auront pas du tout envie de s'occuper de la décoration pour nos parents à leur retour. Je voudrais aller au centre acheter un sapin et peut-être faire un saut au marché de Noël.

— Ça marche. Attends que je finisse, et on y va - il effleura à nouveau ses lèvres puis se concentra sur son élève - baisse les talons, Trish.

Elle venait de lui demander de faire des achats dans un marché artisanal et il n'avait pas protesté.

C'est peut-être la perle rare. Phase un, terminée.

C'était la partie facile de son projet. Pour la phase suivante, elle se tortillait sur le siège passager du pick-up de Sebastian alors qu'ils se dirigeaient vers la ville, trente minutes plus tard. C'était un type réservé, elle devait bien choisir ses mots pour qu'il accroche.

Il retint un sourire.

— Soit un ressort s'est cassé, soit tu as quelque chose à me dire. Vas-y, crache le morceau.

Bien sûr, il avait compris qu'elle avait quelque chose en tête, car il lisait en elle comme un livre ouvert. Elle se tourna pour le regarder.

— J'ai réfléchi.

Il ne put s'empêcher de sourire.

— C'est ton activité préférée, on dirait.

— Oui - elle inspira profondément, cherchant encore ce qu'elle allait dire, mais sachant qu'elle devait commencer quelque part - la propriété de Josiah Massey.

Le sourire disparut.

— Eh bien ?

— Je sais que c'est un peu rudimentaire, mais ce serait parfait pour un centre de sauvetage d'équidés ou un centre d'équithérapie, ou ce que tu veux. Ce n'est pas en trop mauvais état.

Ses mains se contractèrent sur le volant.

— Et comment le sais-tu ?

Elle grimaça, espérant ne pas l'avoir blessé.

— Ivy m'a dit que Porter est un entrepreneur. Je l'ai appelé et je lui ai demandé de faire une évaluation de l'intégrité structurelle de la maison et de l'écurie, de calculer combien ça coûterait pour les mettre aux normes, et ce qu'il faudrait pour les retaper. Il a envoyé sa réponse par mail ce matin.

Comme Sebastian ne disait rien, elle embraya.

— Il faut plus de travaux que j'espérais, mais c'est dans le domaine du possible. J'avais raison, la maison et l'écurie ont des fondations saines. On ne sait pas, bien sûr, ce que deviendra la propriété, mais il n'y a pas une grosse demande dans un endroit comme le comté de Stone. La banque ne s'en débarrassera pas facilement et favorisera probablement des offres basses pour s'en libérer.

L'ombre de quelque chose proche de l'exaspération troubla l'expression imperturbable de Sebastian.

— Tu parles de déplacer toute l'activité de Maxwell bio.

— Oui, c'est plus grand que chez Logan, et je suis sûre qu'il a des idées sur l'exploitation. Ça te donnerait la possibilité de t'agrandir, ça pourrait être à toi.

Les chevaux lui appartenaient maintenant, c'était la suite logique. Mais Sebastian sembla moins emballé par la perspective qu'elle ne l'espérait. Si elle ne l'avait pas observé de si près, elle aurait pu ne pas entrevoir cette lueur de doute.

Il n'était pas sûr d'y arriver. Il avait été réticent dès le départ. Elle pensait que c'était seulement une question d'argent, mais elle comprit qu'il avait peur de ne pas être à la hauteur de ce qu'elle proposait. Que pouvait-elle dire pour le convaincre de ce qu'elle savait déjà, qu'il ferait des merveilles, si seulement il croyait en lui ?

Il la regarda, adoucissant son expression pour lui faire comprendre qu'il n'accrochait pas.

— C'est un gros engagement. Et il me semble qu'on met la charrue avant les bœufs. En plus, la question de l'argent que je n'ai pas.

— J'ai trouvé d'autres subventions.

Sebastian se contenta de hocher la tête.

— Nous en parlerons avec Logan après les vacances. Si nous obtenons les fonds et que l'endroit est encore disponible, alors nous aviserons. Mais il est absurde de tirer des plans sur la comète pour un bien qui ne m'appartient pas.

Laurel avait la possibilité de changer la donne. Ou du moins, l'aurait dans quelques mois. Mais elle ne pouvait pas le dire. C'était trop pour le moment, elle était déjà allée trop loin. Elle s'enfonça dans son siège.

— C'était juste une idée.

Tout le reste du trajet, elle papota de ses films de Noël préférés, car elle voulait détendre l'atmosphère.

La ville était animée, des passants flânaient sur les trottoirs et des files de voitures garées bordaient les deux côtés de Main Street.

— Vraiment ? Tu ne peux pas ne pas avoir vu *Le Pôle express* ! dit-elle

— J'avais plus de dix ans quand il est sorti.

Laurel lui tira la langue, contente de le voir pouffer.

— D'accord, M. Ce N'est Pas de Mon Âge. Quel est ton film de Noël préféré ?

— C'est facile, *Piège de cristal.*

— Mais *Piège de cristal* n'est pas un film de Noël.

Sebastian braqua pour se garer à trois rues de l'organisation des anciens combattants où se tenait le marché, il se donna un grand coup sur la poitrine dans un geste mélodramatique, comme s'il venait d'être poignardé.

— J'ai *mal* entendu !

— Non.

— Je ne sais pas si je peux rester avec une femme qui n'aime pas *Piège de cristal.*

— Je n'ai jamais dit que je ne l'aimais pas. C'est un grand film d'action. Mais il n'y a pas de père Noël qui hurle du haut de son traîneau « Yippee ki yay, pauvre con », donc ce n'est pas un film de Noël.

Son éclat de rire fusa, balayant les dernières tensions de la jeune femme.

— Il n'en serait pas meilleur pour autant.

— Non, mais il remplirait les conditions.

Ils descendirent du pick-up en poursuivant la discussion et se joignirent à la cohue sur le trottoir, Il passa un bras autour de ses épaules, la tirant vers lui tout en marchant.

— Que se passe-t-il aujourd'hui, c'est le marché qui attire ces foules ?

— Je n'en ai pas la moindre idée - Sebastian s'étira - on dirait qu'il y a quelque chose dans le parc, des gens font la queue.

Laurel poussa un cri, au premier coup d'œil à ce « quelque chose ».

— Oh là là, c'est un traîneau tiré par des lamas. Un attelage de quatre lamas était accroché à un traîneau en contreplaqué peint. Chacun portait un bonnet de lutin sur ses longues oreilles. Un petit panneau au début de la queue annonçait *photo $5*.

— C'est maintenant ou jamais. Il faut faire des photos !

Sebastian riait tout en se laissant tirer vers la file d'attente.

— Quelle surprise !

Laurel pivota et se trouva face à la sœur d'Athena qui arrivait avec Xander de la direction opposée. Ari était avec eux. Dès qu'elle la vit avec Sebastian, un large sourire se dessina sur ses lèvres et elle leva le poing. Xander haussa les sourcils lorsqu'ils se saluèrent.

Laurel fit de même. Elle était adulte, en mesure de faire ses propres choix, il n'avait pas à jouer les grands frères en l'absence de Logan.

— Salut !

— Logan nous a dit que tu restais à la ferme - Kennedy esquissa un sourire - on dirait que tout va bien.

— Je me régale, je chevauche beaucoup.

Xander faillit s'étouffer, Kennedy tapa son torse du revers de la main. Laurel devint cramoisie. Ce n'était pas *du tout* ce qu'elle voulait dire.

Sebastian détourna la conversation sur Ari, faisant fi du double sens.

— Elle a travaillé avec Ginger. La jument s'améliore. Elle sera peut-être prête pour que tu l'essayes dans quelques semaines.

— Vraiment ! C'est génial !

Bien joué. Distrais l'entremetteuse, passionnée de chevaux.

Malgré l'arrivée de Pru et Flynn, Ari et Sebastian poursuivirent leur discussion.

— De quoi parlez-vous ? - demanda Flynn - bonjour, Sebastian, Laurel.

— Papa, je vais pouvoir monter Ginger dans quelques semaines.

— Ça, c'est une nouvelle !

Laurel retint un ricanement en entendant sa réponse évasive.

— Il manque un membre de la famille ?

Pru frotta ses mains l'une contre l'autre pour les réchauffer.

— Oh, Maggie fait du baby-sitting pour que nous puissions sortir.

Flynn prit ses mains dans les siennes, pour les réchauffer.

— Elle est ravie à l'idée de passer tous les caprices du bébé et moi, je suis ravi à l'idée de passer tous les caprices de Madame. Il attira sa femme à lui pour l'embrasser.

Pru rayonnait. Ils étaient visiblement très amoureux.

Ils bavardaient tout en avançant d'un centimètre à la fois dans la queue. Laurel observait les sœurs d'Athena avec leurs maris, elle remarqua que Kennedy se rapprochait instinctivement de Xander, comment il jouait avec les pointes de ses cheveux, semblant toujours avoir besoin de ce contact physique. Elle nota la façon dont Pru et Flynn terminaient les phrases l'un de l'autre. Ils formaient tous les cinq visiblement une famille heureuse et très unie, satisfaits de la vie qu'ils s'étaient construite.

— Suivant !

Laurel sursauta, et réalisa que c'était leur tour. Sebastian l'aida à monter dans le traîneau. Il sortit un billet de cinq dollars de sa poche alors qu'elle tendait son téléphone à l'employé, l'application caméra déjà ouverte. Ils se blottirent sur le siège, la tête penchée.

— Dites renne !

— Renne.

— Parfait, une dernière. L'employé souleva le téléphone.

— Eh vous deux, il y a du gui ! cria Ari.

Laurel leva les yeux et vit qu'un des employés tenait une branche de gui attachée à une canne à pêche au-dessus de leur tête. Sebastian sourit.

— On ne peut pas rater ça.

— Ça porterait malheur, renchérit-elle en lui offrant ses lèvres.

Ses lèvres étaient douces contre les siennes dans un baiser qui parlait de patience et de promesse, et Laurel s'y abandonna.

— Elle est bien, celle-là. La voix de l'employé la rappela à l'ordre avant qu'elle n'oublie complètement où elle se trouvait.

Elle descendit du traîneau, reprit son téléphone et parcourut les photos alors que Kennedy et Xander se pressaient derrière eux.

Sebastian se pencha pour regarder par-dessus son épaule.

— Les lamas sont ridicules mais nous, nous sommes plutôt bien.

Ils étaient bien plus que ça, ils étaient... parfaits. Elle semblait plus heureuse qu'elle ne l'avait été depuis... toujours peut-être.

Elle jeta un coup d'œil à sa famille par alliance et comprit que c'était ça, le défi qu'elle voulait relever. Tout le paquet. La ville, la vie et la perspective de ce type d'amour. Avec Sebastian.

9

Depuis le canapé où elle était allongée sur Sebastian, Laurel regardait le sapin de Fraser fraîchement décoré qui trônait dans un coin du salon.

— On a fait du bon travail.

Sebastian glissa une main sous son sweat-shirt pour la caresser dans le dos. Leur temps s'était pratiquement écoulé. Dans trente-six heures, Les jeunes mariés rentreraient de leur lune de miel. Laurel devrait quitter son lit pour la chambre des invités. Ses parents arriveraient le lendemain. Puis elle reprendrait le cours de sa vie et s'engagerait dans la direction qu'elle choisirait. D'ici là, il voulait profiter de tout ce qu'elle avait à lui offrir.

— C'est un joli sapin. Et je suis sûr que leur épargner une course folle afin que tout soit présentable pour tes parents te fait entrer dans la catégorie de sœur préférée.

— En espérant que ça leur plaira. J'ai peut-être exagéré au marché de Noël.

Il rit en se rappelant son regard obnubilé alors qu'elle passait de stand en stand, telle une femme en mission.

— Peut-être un peu. On aurait dit que tu n'avais jamais vu d'objets d'artisanat.

— Pas trop le genre durant notre enfance.

— Vraiment ? Pas de traîneau en bois à monter, ni d'anges en pâtes ? La plupart des sapins étaient décorés avec les objets que nous fabriquions avec maman.

Laurel se blottit contre lui, frottant la joue contre son épaule.

— J'aurais adoré. Mais non, nous n'avions pas de décorations, qu'elles soient faites par nous ou artisanales. Ce genre d'objet n'aurait jamais eu droit de cité sur un sapin de maman.

— Ce n'était pas une fête familiale ?

— Oh non. Ça devait être beau pour les cartes de Noël, elle avait donc soit des sapins à thème qu'elle décorait elle-même ou qu'elle faisait faire par un professionnel.

— Ça a l'air... froid. Un sapin à thème ?

— Oh oui. Une année, nous avons passé de longues vacances à la mer. Elle avait ramené des coquillages qu'elle avait peints en doré à la bombe et les avait suspendus avec des décorations couleur pêche – elle s'appuya sur son torse avec une expression qui reflétait une indignation justifiée - pêche ! pêche n'est pas une couleur de Noël, Sebastian !

Bo et Peep se redressèrent, les oreilles tendues, prêts à intervenir.

Sebastian essaya de ne pas éclater de rire.

— Ça semble... heu.

— Affreux. Le mot que tu cherches, c'est affreux. Enfin, il y avait des années meilleures que d'autres. Le sapin de plage, c'était le pire. Mais nous n'avons jamais eu les décorations amusantes que l'on ressort chaque année, de celles qui ont une histoire à raconter, parce que ce n'était pas photogénique.

Il appuya sur ses zones de tension dans son dos, et commença à les masser.

— Cela semble être le thème récurrent dans les anecdotes que tu racontes de ton enfance.

Elle grimaça.

— Hélas, oui. Dans mon enfance, ce qui comptait le plus, c'étaient les apparences. Je me fiche des apparences, ce qui compte, c'est ce qui est authentique - ses yeux devinrent graves. Elle s'appuya à lui et caressa sa joue, effleurant sa bouche dans un baiser - Ce que j'ai vécu avec toi était authentique, probablement plus authentique que tout ce que j'ai vécu auparavant.

Elle savait vraiment comment le laisser sans voix. Il ressentait la même chose qu'elle, un aiguillon lui perça la poitrine à l'idée qu'elle pensait déjà à la fin. Il ne voulait pas en parler. Il ne voulait pas parler tout court. Il se rabattit sur l'idée que la séduire avait été une distraction pour tous les deux et passa la main dans ses longs cheveux.

— À propos de la ferme de Massey.

Sebastian se raidit. Il ne voulait pas parler de *ça* non plus.

— Je pensais que nous étions d'accord pour en parler après les vacances.

— Je n'étais pas particulièrement d'accord, je ne veux pas te stresser, mais je pense que tu ne lui as pas accordé toute l'attention qu'elle mérite.

Oh, que si, et d'ailleurs il en était mal à l'aise, rien que d'y penser. C'était typique de Laurel de voir trop grand. Lui, il était concret. Lorsqu'elle serait de retour à Nashville, il chercherait les moyens de rendre l'activité de réinsertion des chevaux indépendante et ne penserait plus à la transférer ailleurs.

Conscient du temps et des efforts qu'elle avait consacrés à la recherche d'une solution, il pesa les mots qu'il employa.

— Je ne rejette pas l'idée. Je suis infiniment flatté que tu me penses capable de le faire. Mais ce n'est pas facile. Un programme de cette envergure implique une bureaucratie énorme, et je n'en connais même pas les arcanes. Peut-être que ça te semble facile, car tu es habituée aux aspects pratiques et juridiques d'une telle entreprise. Mais moi, je serais complètement dépassé. Et est-ce que l'idée n'était pas que je passe plus de temps avec les chevaux à soigner ?

— C'est pour ça que je te propose de le faire ensemble.

— Je sais bien que tu as dit que tu m'aiderais pour les demandes de subventions.

— Pas seulement les demandes, pour tout. Je veux le faire avec toi.

Il était KO. Il avait sûrement mal entendu ! Sebastian n'osait pas respirer.

— Qu'est-ce que tu dis ?

— Tu as raison. Les aspects pratiques et juridiques *sont* faciles pour moi. Il est juste que je reste m'occuper de ça pour que tu te concentres sur la partie que tu aimes - elle joua avec sa chemise - je sais que c'est fou, trop rapide, trop tôt. Mais j'ai toujours été directe avec toi, et nous n'avons pas beaucoup de temps. Tu as raison, une semaine, ça ne suffit pas, je ne veux pas m'en aller.

Ses mots résonnèrent en lui comme un tir de mortier.

Elle voulait rester. C'était juste ce qu'il ne s'était pas autorisé à espérer, à penser même. Mais ce n'était pas aussi simple qu'elle l'imaginait. Elle avait une vision romantique des choses, et l'un des deux devait garder les pieds sur terre.

— Tu ne dois pas rester seulement pour moi. Juste pour faire la paperasserie que je ne peux pas ou ne veux pas faire.

— Ce n'est pas seulement pour toi. Depuis que j'ai commencé à approfondir la question, je me suis rendu compte que c'est ce que je veux faire, pour moi. C'est complètement différent de ce que j'avais envisagé auparavant, mais j'utiliserais toujours mes compétences et j'*aime* ça. Franchement, je ne sais pas si c'est ma passion, mais c'est quelque chose que je peux faire. Et j'adore l'idée de ce que nous pouvons réaliser. Nous pouvons vraiment changer des choses dans la vie de beaucoup de gens.

C'était son nouveau défi. Elle n'aurait pas pu se contenter de nettoyer les stalles et faire monter les enfants sur des poneys pendant plus de quelques semaines. Elle avait besoin de plus. Mais ce plus était énorme.

— Tu m'as demandé pendant plus d'une semaine ce que je voulais, et j'ai enfin compris ce que c'était. Ou en partie du moins. Je veux suivre l'exemple de mon frère, être courageuse. Choisir ma vie. Choisir *vraiment*, et ce vraiment passe par toi. Je veux nous donner une chance.

Sebastian voulait cette chance. Il la voulait plus que tout ce qu'il avait désiré dans sa vie. Mais pour cela, il devait accepter de faire le grand saut et de se lancer tout seul. À part qu'il ne serait pas seul. Pas avec elle à ses côtés. C'était une femme extraordinaire qui, il le savait bien, gérerait et réglerait tous les aspects pratiques. Cela rendait l'entreprise moins angoissante.

Il pouvait se voir, travaillant ensemble et nageant dans le bonheur. Et même si l'idée de rêver aussi grand qu'elle était plus effrayante que son premier saut en parachute en solo, la perspective de la perdre était bien pire. Si c'était réellement ce qu'elle voulait, construire le centre de thérapie, le diriger, l'équiper, trouver les financements, et le laisser s'occuper de la réhabilitation des chevaux, beaucoup plus de chevaux qu'il n'arrivait à en suivre maintenant, c'était magnifique.

IL RESTA LONGTEMPS SILENCIEUX, le visage impénétrable, le corps crispé. Plus le silence durait, plus le cœur de Laurel s'emballait. L'angoisse qu'elle pensait avoir vaincue depuis qu'elle était ici, commença à tournoyer en elle, sournoisement comme de la fumée.

Je le savais. Je savais que ça allait trop loin, trop vite.

Ou peut-être était-elle à côté de la plaque. Peut-être détestait-il l'idée. Ou pire encore, elle était juste une passade, il ne voulait pas qu'elle reste. Elle ne le pensait pas, mais tout était possible.

S'il te plaît, dis quelque chose avant que mon cœur n'explose.

— Tu veux vraiment rester ? L'émotion était palpable sous la question.

Laurel ne se fit pas prier.

— Oui, je veux rester. Je veux t'aider à te lancer dans cette aventure. Je veux saisir la chance de nous voir ensemble.

Il glissa une main dans ses cheveux tout en parcourant son visage de ses yeux sombres et intenses.

— Je ne peux te demander de faire ça.

Elle comprit alors qu'il ne pouvait pas le demander car il ne s'autorisait pas à demander quoi que ce soit. En demandant, il risquait le refus, et il n'était pas en mesure de le supporter. Mais elle, elle était prête à risquer.

Elle prit son visage entre ses mains.

— Ce n'est pas toi qui le demandes. C'est moi qui choisis, Sebastian. Je choisis cette vie, je te choisis, si tu es d'accord.

Il expira, hésitant, renonçant à son masque stoïque et appuya son front contre le sien.

— Dieu soit loué. Je ne savais pas comment j'allais pouvoir te laisser partir.

Elle fut chamboulée par sa franchise.

— Ne le fais pas. Ne me laisse pas partir. Elle resserra l'étreinte et l'embrassa, s'abandonnant à la chaleur montante du soulagement et du désir.

— Laurel. Il prononça son nom comme une supplique et la serra davantage contre lui, si fort qu'elle sentait le battement de son cœur contre sa poitrine. Elle comprit alors qu'il avait peur, peur de la perdre, de ne pas être à la hauteur. Elle sentit combien elle comptait pour lui, que ses sentiments étaient partagés. Elle s'abandonna un peu plus.

— Sebastian. Elle sortit son nom dans un soupir, se coula contre lui, désireuse d'apaiser sa peur persistante. De lui montrer ce qu'il était, qu'il était tout.

Il enfouit son visage là où son cou rencontrait ses épaules, comme s'il avait besoin de se pénétrer de son odeur. La tendresse monta en elle devant ce petit signe de vulnérabilité. Elle passa les doigts dans ses cheveux courts sur sa nuque et le serra, reconnaissante, oh si reconnaissante que ce ne soit pas la dernière fois.

Dans un soupir, il passa ses lèvres le long de son cou et la mordilla. Laurel ronronna de plaisir et pencha la tête pour se donner pleinement. Chaque centimètre parcouru s'enflammait de désir, il suivit le pourtour de sa mâchoire jusqu'à ce que leurs lèvres se rencontrent, se soudent l'une à l'autre. Ses mains glissèrent le long de son dos jusqu'en haut de ses cuisses, écartant ses jambes pour qu'elle le chevauche. Son membre en érection se pressait contre son bassin, elle se frottait contre lui. Le désir et la volupté s'emparèrent d'elle, la chaleur monta dans son ventre, elle fit glisser sa chemise. Il se redressa pour l'enlever alors qu'elle faisait de même.

— Ce que tu es belle ! dit-il en gémissant.

Elle se sentait belle quand il la regardait ainsi, les yeux presque noirs de désir. Elle prit ses mains et les posa sur ses seins. La sensation de ses mains rugueuses sur sa peau, qui la palpaient, la pétrissaient, la rendait folle. Elle s'enflamma sous ses doigts, bougea les hanches, se frottant à lui alors qu'il suivait le pourtour de ses mamelons du doigt. Elle ne se lasserait jamais de la façon dont il la prenait, car elle lui appartenait, corps et âme.

— J'ai besoin de toi, tellement besoin, murmura-t-il, l'air farouche.

Elle savait ce que ça lui coûtait de l'admettre. Car il ne s'autorisait pas à avoir besoin de quelqu'un. Sa vie lui avait enseigné, à chaque fois, qu'il serait abandonné. Mais elle ne le ferait pas. Car elle aussi avait besoin de lui.

— Prends-moi, alors.

Ils s'abandonnèrent dans une valse éperdue de mains et de langues. Se touchant, se caressant, balayant les dernières barrières, jusqu'à ce qu'elle le chevauche à nouveau, la pointe de son sexe pressant contre son orifice. Elle ondulait des hanches, le happant dans sa moiteur, grisée par le frottement érotisant de sa peau contre la sienne, elle voulait sentir son corps qui montait et descendait sous elle. Le sentir en elle la brûlait plus que le besoin de respirer, mais lorsqu'elle entoura de ses mains sa tige en érection pour la guider en elle, Sebastian attrapa ses hanches dans ses mains puissantes, le visage tordu dans une expression d'impatience retenue.

— Attends !

— Qu'est-ce qu'il y a ?

— Un préservatif. Je n'en ai pas ici.

C'était chez lui qu'ils s'étaient livrés à leurs ébats dénudés, là où il en avait en réserve. C'était la chose à faire et cela n'avait pas posé de problème. Mais il n'était pas le seul à décider.

— On n'en a pas besoin. Tu es le seul depuis deux ans et j'ai un stérilet.

— Je n'ai pas eu de rapports depuis que j'ai quitté l'armée. Tu es sûre ?

— Je te veux, Sebastian, de suite.

Sebastian resserra ses doigts sur les siens.

— Je suis à toi.

— À moi. Ne le quittant pas du regard, elle s'enfonça, le prenant, le faisant sien dans une glissade longue et lente.

Il la remplit toute, corps et âme, cet homme magnifique et gentil qui était son refuge dans la tempête. Alors que ses hanches ondulaient dans un rythme martelant, elle sentit les mots trembler sur sa langue. Malgré la chaleur que tous deux dégageaient, elle sentait que c'était trop tôt. Ils avaient le temps.

Elle ravala sa déclaration et se déhancha, jusqu'à ce qu'ils oublient tout, hormis leurs corps qui se frottaient, leur peau qu'ils avaient passionnément caressée de leurs lèvres. Quand elle se sentit basculer dans l'extase, son nom sur les lèvres, il empoigna ses hanches et la suivit.

10

Entre les soirées tardives avec Laurel, les séances d'entraînement matinales avec ses chevaux maltraités, et les derniers cours d'équitation avant les vacances, Sebastian était à peine mieux qu'un zombie à cheval alors qu'il montait Maestro en lui faisant suivre son rythme. La mémoire des muscles et des habitudes bien rodées lui permettaient de s'en sortir, sans compter que le cheval était déjà exceptionnellement bien dressé. Sûr et réactif, c'était un plaisir de le monter. S'il restait, ce serait un bon élément pour l'école d'équitation, ou le programme d'équithérapie. Car ça allait se faire.

Il n'y croyait pas encore pleinement, mais Laurel était décidée, se jetant tête baissée dans la programmation. Elle avait déjà rempli un bloc-notes de choses à rechercher et de questions à poser à son frère. L'observer au travail était à la fois intimidant et sacrément sexy, et il était facile de croire que tout irait bien parce qu'elle le voulait.

Mais dans la nuit, lorsqu'elle était endormie, dans le silence qui précède l'aube, les doutes l'assaillaient. Et si elle changeait d'avis ? Et si son plan ne fonctionnait pas ? Est-ce que c'était une mauvaise décision pour les chevaux ? Est-ce qu'il pensait avec sa queue ? Ou pensait-il avec son cœur, ce qui n'était pas forcément mieux ?

Ressentant le besoin de la voir, il ramena Maestro à un pas plus lent et tourna vers l'écurie.

— On ralentit et on rentre.

Les jeunes mariés rentraient aujourd'hui. Sebastian était nerveux à l'idée de revoir Logan. C'était peut-être idiot. Même si Laurel était sûre que leur relation ne lui poserait aucun problème, c'était différent d'être mis devant le fait accompli. Logan savait mieux que quiconque ce que Sebastian avait subi. Et Sebastian le comprendrait s'il ne croyait pas en leur chance de fonctionner comme couple.

Alors qu'il gravissait la montée sur le dos de Maestro, il put voir le rond d'Havrincourt. Il immobilisa sa monture, et suivit des yeux Laurel qui faisait le tour du rond sur Gingersnap. Cette femme était un phénomène et avait été d'une aide précieuse. Une fois passé l'impact des premiers jours, elle s'était rappelée tout ce qu'elle avait oublié des chevaux. Depuis le tout premier jour, il avait ressenti que se nouait un lien de plus en plus fort entre la femme et la jument alezane. Il en avait la preuve sous les yeux, en les voyant s'entraîner. Il constatait que Ginger était plus sûre, plus vive et que Laurel semblait dans son élément. En les regardant évoluer, il la voyait très bien faire ce travail, s'y épanouir, s'épanouir avec lui.

L'inquiétude qui le taraudait s'estompa. Elle serait heureuse. Sûrement plus heureuse que si elle retournait à l'université et se retrouvait à travailler quatre-vingts heures par semaine dans un cabinet d'avocats huppé. Et il était sincèrement convaincu qu'elle serait l'exception dans sa vie. Elle resterait. Laurel Maxwell ne faisait pas de promesses à la légère.

Il s'occupa de Maestro à l'écurie avant de l'envoyer au pré puis il se rendit au rond d'entraînement pour jeter un coup d'œil de plus près.

— Ça se passe bien ! Comme si elle se rendait compte qu'elle avait un public, Ginger fit quelques pas de danse avant que Laurel ne la ramène doucement sous son contrôle.

— Elle sent que je suis nerveuse.

— Il n'y a pas de raison. Ce n'était pas entièrement vrai, mais il ne voulait pas que son angoisse parte à nouveau en vrille. Elle avait fait tant de progrès ces deux dernières semaines.

Laurel le fusilla du regard et replia ses doigts sur l'arçon.

— Nous savons tous les deux que ce n'est pas vrai.

Sebastian enjamba les barres et la rejoignit.

— Je serai à tes côtés. Tu n'as pas à affronter tes parents toute seule, à moins que tu ne le souhaites.

— Même si j'apprécie beaucoup le soutien, leur annoncer la nouvelle en ta présence leur ferait croire que j'abandonne tout pour toi. Elle passa les jambes au-dessus de la selle.

Bien qu'elle n'en ait pas besoin, il lui tendit la main pour la soutenir dans la descente, juste pour la toucher.

— Ce n'est pas ce que tu es en train de faire ?

— Je renonce pour moi. Tu es un énorme avantage secondaire. Elle se souleva sur la pointe des pieds et l'embrassa.

Alors qu'elle allait s'écarter, il l'enlaça pour la rapprocher et mieux savourer l'instant. En un éclair, la chaleur prit le pas sur la douceur. Sebastian gémit lorsqu'elle ouvrit la bouche sous la sienne. Ils pourraient peut-être le faire, vite fait bien fait, dans la sellerie.

Lorsque des pneus crissèrent sur le gravier, ils se bloquèrent avant de s'écarter brusquement comme deux adolescents pris sur le fait. Le cheval les cachait, mais Laurel recula d'un grand pas.

— Est-ce qu'on voit que tu m'as embrassée ?

Ses pommettes étaient colorées, et ses lèvres rouges et tuméfiées.

— Euh...

— Zut ! Retiens-les. Elle s'esquiva et alla faire récupérer Ginger. A moins que ce ne soit elle qui ait besoin de récupérer.

N'ayant pas de chevaux sous la main pour retarder l'inévitable, il passa la paume de la main sur son visage et se glissa sous les barres, rejoignant l'endroit où la voiture d'Athena était garée, près de la maison. Logan et elle étaient descendus, ils semblaient détendus et heureux, entourés d'un halo de lune de miel qui brillait à un mètre.

Logan le salua de la main.

— Comment ça va ?

— Bien.

— Il y a eu des problèmes pendant notre absence ?

— Je n'appellerais pas ça un problème.

— Hum, c'est *quoi* ça ?

Sebastian suivit le regard d'Athena posé sur le matou roulé en boule au coin du porche.

— Oh, ça, c'est Mr. Rochester.

Elle eut l'air étonné.

— Je ne savais pas que tu étais fan de Jane Eyre.

— Pas moi, c'est Laurel. C'est elle qui l'a ramené et lui a donné ce nom. Il est arrivé avec le nouveau cheval.

— Nous avons un nouveau cheval ? demanda Logan. On a la place ?

Sebastian se frotta la nuque.

C'est une longue histoire...

Laurel apparut.

— Vous êtes de retour, pardon, je devais m'occuper de la récupération de Ginger après l'entraînement. Elle enlaça son frère.

Logan la serra à son tour, la soulevant bien haut avant de la reposer à terre et de la tenir à bout de bras pour l'observer.

— Tu as bonne mine. Resplendissante. Ce séjour à la ferme t'a fait du bien.

— Tellement de bien. Est-ce que son frère déchiffrerait son sourire hébété, heureux ?

Le regard de Logan se porta sur Sebastian. *Merde.* Il sentit la nervosité le prendre aux tripes. Logan lui avait confié Laurel pour prendre soin d'elle, pas pour qu'il la mette dans son lit.

Son enthousiasme brisa le silence embarrassant.

— Je suis montée à cheval tous les jours, et Sebastian m'a laissé entraîner certains chevaux en phase d'amélioration. C'était fantastique. Et vous ne le croirez pas, mais j'ai même lu tout un livre par *plaisir.* Je n'avais plus eu le temps depuis que j'ai commencé mes études de droit.

Logan soutint le regard de Sebastian un moment encore avant de se tourner vers sa sœur.

— Et il paraît que tu as adopté un chat ?

— On ne pouvait pas le laisser. C'est le copain d'écurie de Maestro.

— Maestro ?

— Le dernier arrivé - expliqua Sebastian - on vous en parlera quand vous vous serez installés.

Athena grimaça.

— Pfffouh ! pas le temps de s'installer, il faut encore décorer. Comment a-t-on pu penser que c'était une bonne idée de se marier peu avant Noël et d'*inviter* pour les fêtes ? J'espère que je vais amadouer mes sœurs pour qu'elles viennent m'aider. Avec le bataillon Reynolds à la rescousse, on devrait s'en sortir.

Laurel se mordit la lèvre.

— Tout est déjà fait.

— Vraiment ? demanda Logan.

— Oui, je me suis dit que vous n'auriez pas vraiment envie de vous y mettre en rentrant. J'ai acheté de chouettes décorations au marché de Noël comme cadeau de mariage. On peut en rajouter si vous voulez, mais le sapin est prêt, il y a du vert partout. Donc, le gros est fait, ouf !

Athena étouffa Laurel entre ses bras.

— C'est le plus beau cadeau de Noël que tu pouvais me faire. Ta mère me terrifie.

Laurel rit en la serrant.

— Tu n'étais pas censée être une dure à cuire ?

— Je le suis dans la plupart des cas, mais je ne voudrais pas partir d'emblée du mauvais pied avec ma belle-mère.

— Je suis heureuse de pouvoir t'aider. Je sais combien c'est stressant de recevoir à Noël et je voudrais que ce soit le plus... serein possible.

Logan la regarda.

— Ça m'inquiète.

Sebastian attendit, se demandant si elle allait parler à son frère de sa décision de ne pas être avocate. Mais Laurel se limita à hausser les épaules.

— Je veux juste éviter qu'il se reproduise la même chose qu'à ton dîner de répétition. Papa est sans frein, et il ne devrait pas faire ce genre de scènes chez vous.

Il tripota sa queue de cheval.

— Ce n'est pas à toi de jouer les médiatrices, Pip.

— Quelqu'un doit bien le faire.

La pause s'éternisa, le silence en devenait embarrassant. Ce n'était probablement ni le lieu ni l'endroit pour une discussion qui s'imposait. Sebastian intervint.

— Vous devez être fatigués et avoir envie de vous installer. On va vous aider avec les bagages.

Athena prit Laurel, bras dessus bras dessous.

— Laissons ça aux garçons et parlons du menu.

Se retrouvant seul avec Logan, Sebastian se pencha dans le coffre.

— C'était comment, en Oregon ?

Il se redressa, valise à la main et constata que Logan l'observait de son regard neutre de psychologue. Son expression dénuée de tout jugement équivalait à une condamnation. Il fallut que Sebastian puise dans toute sa formation pour ne pas gesticuler ou vouloir meubler le silence.

— Tu es l'homme qu'il lui faut. Je le savais.

Pardon ?

Son embarras devait se voir car Logan pouffa.

— Même pour un aveugle, c'était évident que vous vous plaisiez à notre mariage. Je ne suis pas aveugle. Je suis heureux de voir que la nature a suivi le cours que j'avais prévu.

Sebastian le fixa.

— Tu l'avais prévu ?

— Disons que j'avais préparé le terrain.

— Et pourquoi ?

— On voit qu'elle compte pour toi. Au beau milieu des simagrées de mon père au dîner de répétition, tu as pris soin d'elle. Elle fait semblant de rien, mais elle ne va pas bien depuis longtemps. Tu es le premier depuis des années à avoir fait tomber le masque et à lui avoir donné envie de ralentir. Je pensais que si quelqu'un pouvait la conquérir, ce serait toi. Et apparemment, j'avais raison.

Gêné par ses commentaires avisés, Sebastian se frotta la nuque.

— Et ça ne te dérange pas que j'aie une histoire avec ta petite sœur ?

— Tu es l'un des meilleurs types que je connaisse, et tu la regardes comme si elle avait décroché la lune, alors pourquoi ça devrait me déranger ? - Logan tira les autres valises hors du coffre -Viens, je pense qu'on peut convaincre ma femme de cuisiner. Sa cuisine lui a manqué.

LES PARENTS de Laurel pouvaient arriver d'une minute à l'autre. Bien qu'elle eût voulu prendre les antiacides dans son sac, Laurel se dirigea vers l'écurie, espérant y trouver Sebastian.

Elle avait fini tout ce qu'elle avait à faire une heure plus tôt, s'étant réveillée avant même le chant du coq. Elle savait qu'elle avait dormi un peu car elle s'était réveillée d'un cauchemar terrible en sueur. C'était le premier depuis deux semaines. Mais au lieu du cauchemar habituel où elle se retrouvait en cage dans un cabinet d'avocats de haut vol, cette fois, elle avait rêvé qu'elle parlait à ses parents de sa décision, et qu'elle avait été mise au ban de la famille. Vu la forte probabilité qu'il en soit ainsi, il ne lui restait qu'à avaler un café.

Elle trouva Sebastian dans la sellerie. Sachant que Logan était à la maison, en train de nettoyer, elle se blottit directement dans ses bras, enfonçant son visage contre son torse, en frottant son nez.

— C'est quoi, ça ? Il la cajola, son odeur familière de cuir et de cheval l'enveloppant comme une couverture doudou.

— Tu m'as manqué.

— Tu m'as vu ce matin. Elle perçut l'amusement dans sa voix.

— Tu m'as manqué, la nuit dernière. Apparemment, je ne peux plus dormir sans toi.

— Mon lit était horriblement vide - il inclina son menton, cherchant à la voir - tu as fait de mauvais rêves ?

— Oui - par la petite fenêtre, derrière son épaule, elle vit la voiture de ses parents qui entrait dans la propriété - ils sont là.

Sebastian caressa sa bouche de ses lèvres.

— Un baiser pour t'encourager. Je suis avec toi.

Laurel esquissa un sourire.

— Ça m'aide à supporter. Elle redressa les épaules et enfila la carapace qui avait constitué sa seconde nature presque toute sa vie d'adulte. Elle constata avec étonnement qu'elle ne lui allait pas aussi bien qu'il y a deux semaines. « On serre les dents. »

— Bonne chance.

Elle marqua une pause à la porte de la sellerie.

— Je sais que tu as probablement beaucoup de travail, mais si tu veux faire un saut pour grignoter quelque chose, Athena a préparé quelques amuse-gueules et Logan prépare des cocktails.

Sebastian sourit de toutes ses dents.

— Je suis en train de terminer. Je prends une douche et je vous rejoins.

Elle s'en voulut de se sentir soulagée, lui envoya un baiser et alla retrouver ses parents.

Athena était en train de les saluer, toute gênée en embrassant Rosalind.

— Logan descend sous peu, il se rafraîchit.

— Coucou, cria Laurel.

— Ma fille chérie, exulta son père en l'étreignant.

Laurel le serra.

— Comment s'est passé le voyage ? Vous avez mis peu de temps.

— Oui - il recula et la dévisagea des pieds à la tête - Tu es dans un drôle d'état !

Réprimant le geste machinal de se remettre les cheveux en place, Laurel se retint pour ne pas grincer des dents. Elle n'avait pas prévu de rester deux semaines lorsqu'elle avait fait les valises, jean, sweat-shirt, sans maquillage avaient constitué son uniforme.

— J'étais en vacances, papa. Les chiens et les chevaux se moquent de mon aspect.

Rosalind l'embrassa, elle aussi.

— Tu as l'air plus détendue, le repos t'a fait du bien.

— Oui, merci.

— Bon, j'espère que tu n'as pas passé ton temps à t'amuser. Tu n'auras pas une si longue période d'interruption pour te préparer au barreau quand tu reprendras les cours du dernier semestre.

L'estomac de Laurel se retourna. *Que Dieu me garde de faire autre chose que de travailler comme une folle.*

— Je trouverai le moyen de m'en sortir, je l'ai toujours fait.

— Je te retrouve bien là, ma fille chérie.

Priant pour faire montre de patience, elle suivit tout le monde à l'intérieur.

Logan descendit, les cheveux encore mouillés. Il y eut une autre ronde d'embrassades et d'accolades, puis Athena les poussa un peu rudement hors de la cuisine pour les conduire dans le salon.

Rosalind parcourut la pièce du regard, s'attarda sur le sapin de Fraser.

— Oh, cet arbre se fond bien dans le style campagnard.

Cette fois-ci, Laurel ne put pas se retenir de grincer des dents.

Athena glissa son bras autour de la taille de Logan.

— Merci, il nous plaît beaucoup.

Consciente que la remarque s'adressait à elle, Laurel envoya un sourire reconnaissant à sa belle-sœur.

Logan tenta de détourner la conversation.

— Nous ne savions pas si vous vous arrêteriez en route, mais Athena a préparé des amuse-bouches, que nous pourrions accompagner de cocktails pour trinquer.

— Quelle bonne idée, approuva Rosalind.

Son frère prit les choix de chacun et Laurel aida Athena à apporter les plateaux de canapés. Tous prirent place dans le salon et la conversation se porta sur la lune de miel de Logan et d'Athena en Oregon. Sebastian entra à la fin de la description des équipements du centre.

— C'est bien que tu sois venu, tu n'en *croirais pas tes yeux* en voyant les écuries là-bas. On aurait dit qu'elles sortaient tout droit d'un magazine sur les chevaux.

Sebastian prit une tranche de bruschetta du plateau.

— Je n'ai pas de mal à le croire. J'en ai vu pas mal en grandissant dans le Kentucky. Beaucoup de chevaux là-bas vivent mieux que la plupart des gens.

— Vous êtes du Kentucky ? demanda Rosalind.

— Oui, madame, j'ai grandi, entouré des plus beaux spécimens de pur-sang du pays. Il prit une poignée de noix grillées épicées et alla s'installer derrière la chaise de Laurel. Elle se sentit immédiatement mieux.

Bien sûr, son père était irrité de voir que la conversation portait trop longtemps sur quelqu'un d'autre que lui.

— J'ai parlé avec Roger Spike hier. Pourquoi ne l'as-tu pas rappelé pour accepter officiellement le poste ?

Sa bouchée de macaronis au fromage prit un goût de cendre dans sa bouche. Laurel l'avala et but une gorgée de vin pour la faire couler. C'était le moment de parler. D'être honnête, enfin. Mais... aucun mot ne sortit. La situation était devenue aussi explosive que le Vésuve lorsque Logan avait ouvert son cœur. Elle redoutait un bis.

Ils avaient décidé avec Sebastian d'attendre d'avoir parlé de leur idée du centre avec son frère avant de se fixer un délai. Elle avait accepté car elle voulait que tous les détails soient prêts avant même d'aborder le sujet avec ses parents, afin de leur annoncer la nouvelle et non pas leur donner l'impression qu'elle demandait leur permission. Mais la conversation était tellement délicate, elle ne s'était pas sentie d'en parler avec Logan à son retour du voyage de noces. Il valait peut-être mieux attendre que Noël soit passé pour ne pas gâcher les fêtes. Ce n'était pas juste que Logan et Athena essuient le courroux de son père et il suffisait d'attendre encore deux jours.

— D'abord, parce que c'est Noël. Mais à part ça, je ne sais pas si je vais accepter l'offre.

Les sourcils de son père se rejoignirent comme un masque menaçant qui aurait intimidé un témoin à la barre.

— Que veux-tu dire ? Bien sûr que tu vas accepter. C'est une occasion unique. C'est...

Laurel le coupa, puisant dans l'assurance qu'on lui avait inculquée depuis sa naissance.

— Je suis dans les premiers de ma promotion. Carson, Danvers, Herbert et Pike ne seront pas ma seule proposition. Tu ne peux pas t'attendre à ce que je saute sur la première offre, même si elle est très intéressante, sans avoir vu ce qu'il y a sur le marché. Ce n'est pas une attitude responsable.

Son père la fixa longuement, comme s'il lisait dans ses pensées. Combien d'accusés avaient vidé leur sac sous ce regard ?

— Tu as quelque chose d'autre en vue ?

Laurel sentit Sebastian s'approcher d'elle. Elle pouvait s'autoriser cette vérité.

— Oui.

Un sourire éclatant se dessina sur le visage de Lawrence.

— Tu vises ce qu'il y a de mieux.

Elle le laisserait penser ça. Ne souhaitant pas lancer une bombe qui détruirait la paix fragile, elle but une gorgée de vin.

— Je me laisse la possibilité de choisir. Ce n'était pas vraiment un mensonge, mais elle avait mal au ventre à force de temporiser.

— C'est tout toi, ma fille chérie, attendre le meilleur.

Le meilleur pour moi. J'ai le temps pour décider. Je dois encore faire le dernier trimestre.

— Bien sûr, bien sûr. Tu présentes quelle matière, ce printemps ?

Il était normal de parler de la reprise, des cours qu'elle allait suivre, des professeurs qui la captivaient. Elle était soulagée de ne pas devoir mentir sur ça. Autant elle ne voulait pas être avocate, autant elle aimait les études de droit. Elle aimait apprendre, et elle attendait depuis des années pour suivre certains cours. Ce n'était pas un sacrifice de prendre le temps et de terminer. Sans la pression de devoir décider pour le poste, elle pouvait tout simplement se consacrer au plaisir d'apprendre.

N'était-ce pas juste ? Encore un semestre et elle serait diplômée, ça pourrait toujours lui servir. Qu'elle utilise son diplôme ou pas, le fait d'avoir ces références lui servirait au moment de courtiser des commanditaires potentiels pour le centre de thérapie équestre. Elle n'aurait pas l'impression d'avoir envoyé en l'air toutes ces années, tous les efforts qu'elle avait prodigués, et elle devrait être moins critiquée par ses parents que si elle laissait tomber à deux doigts de la fin. Une partie en elle, une bonne partie, se détendit à cette idée. Si elle terminait, elle ne commettrait pas, en principe, d'erreur irréparable et elle savait, sans l'ombre d'un doute, qu'elle prenait la bonne décision pour le reste de sa vie.

Le calme que montrait habituellement Sebastian disparut, ses mains se contractèrent en poings avant qu'il ne s'oblige à les détendre.

Elle retournait à l'université. Elle revenait sur tout ce qu'elle avait dit. Quand le moment était venu, quand elle devait finalement s'imposer et affronter son père, elle retombait dans le conditionnement. Son beau discours sur le programme de thérapie, l'expansion, la recherche des financements, c'était Laurel qui se racontait des histoires pour ne pas penser à son retour à l'université. Mais même si elle ne voulait pas la carrière, elle voulait l'approbation de ses parents plus qu'elle ne voulait leur rêve. Elle se comportait exactement comme il l'avait prévu.

Il ne pouvait pas rester, se comporter comme si tout allait bien alors qu'elle venait de lui briser le cœur. En prenant ce qu'il espérait être une expression neutre, il coupa net.

— Excusez-moi, je dois filer pour contrôler les chevaux.

Cela a été un plaisir de vous revoir, Madame, Monsieur et...
Athena, merci pour l'apéritif.

Quelque chose dans sa voix le trahissait-il ?

Pour Laurel sûrement. Il sentait ses yeux sur lui, son inquiétude très palpable, mais il ne la regarda pas. Il ne pouvait pas, il arrivait à peine à se contrôler. Il sortit et se dirigea vers l'écurie où il explosa.

Il le savait. Dès le premier jour, il *savait* que ça se passerait ainsi. Il savait qu'il ne devait pas s'attacher à elle, mais il avait voulu croire, il avait voulu espérer que cette fois, avec elle ce serait différent. Que cette fois, il la retiendrait. Mais ce n'était pas le cas. Cette histoire était un fantasme pour elle, et non pas quelque chose de réel. Pas comme lui le ressentait. Il avait été un fieffé imbécile à s'investir dans cette relation, à investir en elle. Elle avait promis de rester et au premier obstacle, elle changeait d'avis. Comment pouvait-il croire tout ce qu'elle avait dit ?

Laurel le coinça dans l'écurie.

— Qu'est-ce qui ne va pas ?

Il n'essaya même pas de cacher sa colère, il n'essaya même pas de recouvrer un tant soit peu de contrôle.

— Qu'est-ce qui ne va pas ? qu'est-ce qui ne *va pas* ? Tu te payes ma tête maintenant ?

— Vraiment pas. Pourquoi es-tu en colère ? Comment pouvait-elle être aussi *calme* ?

— A cause de toi. Pendant tout ce temps, tu as fait de beaux discours sur le fait de changer de vie, de faire un nouveau choix, de choisir autre chose, de me choisir. Mais dès que tu te trouves dans la situation de le faire, de faire ce que tu dis vouloir, tu recules.

Elle fronça les sourcils.

— Je ne recule pas.

— Foutaise. Comment tu appelles ça, toi ?

— Pure stratégie. Je ne veux pas déclencher une guerre et

gâcher Noël à tout le monde. Ce n'est pas juste pour Athena et Logan.

— Tu en es sûre ? Parce qu'on dirait plutôt que tu vas renvoyer le moment aux calendes grecques, en t'écrasant devant ton père et en te dégonflant.

— Je ne me dégonfle pas. Nous étions d'accord d'attendre de pouvoir en parler avec Logan d'abord. C'est *toi* qui l'as proposé, et ça me va. Parce que je ne vais pas annoncer à mes parents que je change de vie sans être en mesure de leur montrer un plan béton de ce que je ferai. C'est comme si j'allais plaider sans aucune préparation et que je m'attende à gagner l'affaire.

Mais ce n'était pas une affaire. C'était sa vie. La vie de ses animaux. Maintenant qu'il était libéré du rêve qu'elle avait tissé, il se rendait compte qu'il était prêt à faire un saut énorme, et avec quelle garantie ? Aucune. Il pouvait tout perdre sur un coup de tête de Laurel.

— Tu retournes à l'université.

Ses yeux s'éclairèrent.

— C'est ça, le problème ?

— Tu as dit que tu laissais tomber. Que tu voulais rester.

— Je veux rester. Mais je n'ai jamais dit que je n'allais pas terminer l'université. Je dois finir le semestre et je décroche mon diplôme.

— Pour une carrière que tu ne veux pas.

— Je ne vais pas envoyer ma formation en l'air. Comme l'a dit Ivy, il y a beaucoup de choses qu'on peut faire avec un diplôme de droit et pas seulement dans un tribunal ou pour des contrats. Ce serait idiot d'arriver à ce niveau, d'avoir travaillé si dur et de ne pas terminer ce que j'ai commencé. Finir mes études ne veut pas dire que j'accepte le poste.

— C'est ce que tu dis maintenant, mais que se passera-t-il dans cinq mois quand tu auras ton diplôme en poche et que tu recevras toutes les propositions de ces grands cabinets et que ton père te poussera à accepter ? Elle pencha la tête et plissa les yeux comme si elle devait expliquer à un simple d'esprit.

— Ensuite, je m'en vais. Mais j'aurais préparé dans le moindre détail ce que je veux faire.

Tant qu'il croyait qu'elle restait, tant qu'il poursuivait le rêve de diriger le programme ensemble, tout allait bien. Mais la vérité toute crue, c'est qu'elle pouvait changer d'avis à tout moment, le laissant avec quelque chose dont il ne voulait pas s'occuper et pour quoi il n'avait pas les capacités.

Plutôt mourir.

Elle avança d'un pas.

— Mon chéri, on s'arrangera, tout ira bien.

— Je ne peux pas. Les mots sortirent dans un souffle. Une vérité qu'il ne voulait pas dire.

— Je ne t'entends pas, qu'est-ce que tu dis ?

Sebastian secoua la tête.

— Je ne peux pas le faire à nouveau. Je ne peux pas changer toute ma vie en espérant que tu...

— Que je quoi ?

Que tu m'aimes. Que je sois tout pour toi. Que tu restes. Que tu ne renonces pas parce que tu as une meilleure offre ou parce que ton père menace de te couper les vivres ou parce que tu décides que ce n'est plus ce que tu veux.

Elle le regarda, un mélange d'émotions qu'il n'arrivait pas à interpréter passa sur son visage.

— Tu ne me crois pas, c'est ça, le problème. Tu ne crois pas que je tiendrai parole.

Comment aurait-il pu ? Ils se connaissaient à peine. Bien sûr, ils avaient une intimité physique, même de l'amitié et de l'affection. Mais ils n'avaient pas de vécu ensemble. Rien n'indiquait qu'elle ne ferait pas ce qu'elle avait toujours fait. Il s'était jeté corps et âme dans cette histoire, il avait cru à ce mirage qu'elle lui avait fait miroiter alors que tout reposait sur des sables mouvants.

— Tu crois sérieusement que j'ai investi autant pour quelque chose que je n'ai pas l'intention de poursuivre ? demanda-t-elle.

— Je ne pense pas que tu mentes - il était sûr de la sincérité de ses sentiments - je pense que tu comptais le faire quand l'idée t'est venue.

— J'ai toujours l'intention de le faire.

— Je pense que c'est ce que tu te dis.

Sebastian reconnaissait quand elle passait en mode juriste. Ses épaules se redressaient et une lueur guerrière passait dans ses yeux.

— Mais je ne suis pas assez intelligente pour savoir ce que je pense ?

— Ça n'a rien à voir avec l'intelligence. Mais pendant des années, tu n'as pas écouté ton instinct. Comment sais-tu que tu veux vraiment la vie que tu as imaginée avec moi ? Peut-être que c'est simplement plus tentant en ce moment. C'était sûrement vrai, mais ça ne voulait pas dire que c'était ce qu'elle voulait pour le reste de sa vie.

— Je ne sais pas qui tu insultes le plus de nous deux.

— Je dis les choses telles que je les vois.

— Eh bien, tu es drôlement aveugle. Tu sais combien de confiance il m'a fallu pour aller aussi loin ? Tu as été à mes côtés, ces deux semaines. Tu sais exactement combien ça m'angoisse. Je fais le grand saut, renonçant à tout ce que j'ai prévu, tout ce pour quoi j'ai travaillé, pour toi. Parce que tu étais avec moi. Tu m'as soutenu à chaque pas, et ça t'allait car c'était moi qui faisais les concessions. Mais quand c'est à ton tour de donner, tu n'es plus là. Tu ne veux même pas essayer car tu es terrifié.

— Qu'est-ce que tu racontes ?

C'était un Ranger, lui, il n'avait peur de rien.

Elle lui fit face, les mains contractées.

— Tu es terrorisé à l'idée d'être à nouveau abandonné, et tu préfères ne pas courir le risque avec moi, avec nous. Tu t'inventes un problème quand il n'y en a pas, juste pour dire que c'était écrit. Pour que tu puisses dire que tu avais raison. Que tout le monde t'abandonne, y compris moi.

La colère monta en lui. Ce n'était pas ça du tout. Et il n'allait pas s'excuser parce qu'il se protégeait avant que ça n'aille trop loin. Il ne se sentit pas de parler et resta silencieux.

Face à son silence, elle acquiesça de la tête comme pour confirmer quelque chose.

— C'est exactement ce que je pensais.

Sans un mot de plus, elle se retourna et regagna la maison à grandes foulées. Il n'essaya pas de l'arrêter.

Dès qu'elle eut disparu à l'intérieur, il se précipita sur son pick-up. Il ne savait pas où il allait, il fuyait simplement. Il fuyait la ferme, il fuyait cette fichue décision à prendre ou ne pas prendre. Ce n'est qu'en se retrouvant sur le perron de la maison d'Harrison et Ivy, tremblant de colère qu'il réalisa où il était.

Harrison ouvrit la porte, le dévisagea et hurla.

— Ivy, sors le bon whiskey !

11

Quand elle rentra dans le salon, son frère toujours à l'écoute, la regarda.

— Tout va bien, Pip ?

— Ça va.

Elle n'allait pas bien, du tout. Mais elle était décidée à survivre à ces trois jours, coûte que coûte.

La douleur s'irradia du sternum, elle ne put s'empêcher de frotter la zone endolorie. C'était le moment choisi pour avoir une crise d'angoisse.

Logan, l'air préoccupé, lui toucha l'épaule.

— Tu as besoin d'un peu de temps ? Je peux...

— Laisse tomber. Son ton était sec, cassant, excessif par rapport à l'attention délicate de son frère. La gentillesse et l'empathie lui étaient intolérables maintenant, elle s'effondrerait.

Son amoureux, borné et têtu, torpillait leur relation avant même qu'elle ne commence. Dès qu'ils avaient été confrontés à la vraie vie, leur petite bulle de bonheur avait éclaté. Elle ne savait pas si c'était juste une dispute ou si son problème d'abandon était tellement profond qu'il ne pouvait pas envisager sérieusement leur relation. L'idée qu'elle l'avait déjà perdu lui fit mal. La douleur et l'anxiété étaient un mélange toxique qui envahissait son système, comprimant son thorax. Elle devrait peut-être prendre quelques minutes.

— Tu sais, Laurel, si tu vises un cabinet d'excellence, il faut que tu accélères ce semestre. As-tu pensé...

Les paroles de son père battaient contre la fine barrière de verre qui retenait la vague de frustration qui l'envahissait, jusqu'à ce qu'elle se fissure sous la force.

— Arrête !

Le cri qu'elle poussa le fit sursauter, il s'interrompit au beau milieu de sa phrase.

— Arrête. Est-ce qu'une heure peut s'écouler sans que tu insistes pour que je fasse ce que tu veux, que je *sois* ce que tu veux ? Ou est-ce que tu parles pour toi ?

— Que dis-tu ?

— Je parle de mon avenir. *Mon avenir. Le mien. Ma vie.* Je n'ai pas dit oui à Carson, Danvers, Herbert et Pike parce que je ne veux pas de ce poste. Je ne veux aucun travail à New York parce que je ne veux pas exercer ce type de jurisprudence. Je ne suis même pas sûre de vouloir être avocate.

— Comment peux-tu dire une telle chose ?

— Parce que je n'y *arrive* plus, papa.

Il se redressa de toute sa hauteur, de manière délibérément menaçante pour l'impressionner.

— Tu peux et tu le feras. Tu es juste en train de paniquer. Tu seras une avocate d'exception.

— Oui, je pourrais l'être. Et je le détesterais. Car ce n'est pas mon rêve. C'est *ton* rêve, papa. Et moi, je suis coupable de trop me soucier de ton attention, de ton approbation, et je me suis laissée entraîner. Mais je ne peux pas vivre ainsi. Je ne peux plus. C'est fini.

— Avec tout ce que j'ai fait pour toi, comment peux-tu laisser passer cette occasion.

— Et tu t'attends à ce que je gâche ma vie en faisant quelque chose que je déteste ?

Les sourcils de Lawrence se déformèrent, tels un nuage menaçant et pendant un court instant, Laurel se demanda s'il crierait "Objection !" À cette idée, un rire hystérique était prêt à éclater au fond de sa gorge.

— Et que penses-tu faire ? Tu vas juste envoyer ta formation en l'air ? Et comment vas-tu vivre ?

— Je ne sais pas ! elle hurla. Mais mon fonds d'investissement me laisse un peu de temps pour me retourner.

— C'est du délire !

Logan s'interposa, les mains levées en signe de paix.

— On se calme !

Lawrence lui tomba dessus.

— On se calme ? On se calme ? C'est ton influence, c'est ta faute.

Laurel n'allait pas laisser son frère écoper de tout.

— Logan n'a rien fait.

— Tu n'étais pas comme ça avant ton séjour - ses yeux se plissèrent de méfiance - c'est ce moniteur d'équitation ? Il t'a rempli la tête d'idioties ? J'ai bien vu comment tu le regardais. Ne bousille pas ton avenir pour des... des... bluettes. Ses joues étaient cramoisies de colère et de contrariété.

Son commentaire la laissa stupéfaite, il lui fallut un moment pour trouver une réponse, mais elle savait que son hésitation l'avait trahie.

— Sebastian n'a rien fait d'autre que de me laisser être moi-même. Je ne peux pas en dire autant de toi.

— Je n'ai fait que te soutenir.

— Oui, tu t'es mis en quatre pour moi... si c'était pour quelque chose que *tu* voulais. Mais avant que je n'annonce mon intention de faire du droit, tu ne t'intéressais pas du tout à moi. Tu ne voyais que Logan, tu l'encourageais à prendre la voie que tu voulais qu'il prenne.

— Ce n'est pas vrai.

Laurel ignora sa protestation et poursuivit. Elle avait commencé, autant en finir.

— Dès qu'il s'est opposé à toi, tu l'as rempli de sarcasmes, de remarques déplaisantes sur son choix, en le rabaissant à la première occasion. Est-ce que tu t'es seulement intéressé à ce qu'il a fait de cet endroit ?

— Comme fermier, cracha Lawrence.

— Pas seulement, non. Ce qu'a fait Logan ici, demande un cerveau gros comme un camion, de l'intuition et des tripes. Et qu'est-ce qui ne te va pas dans le travail manuel ? C'est un travail honnête et honorable. Pourquoi le méprises-tu autant ?

— Parce que je vous ai élevés tous les deux pour beaucoup mieux - hurla-t-il - je ne me suis pas tué au travail pour que mes enfants gaspillent le fruit d'une bonne éducation et la possibilité d'ascension sociale.

Laurel le fixa.

— Grand-papa serait vraiment déçu s'il t'entendait.

— Au moins, nous avons quelque chose en commun maintenant.

— Lawrence ! Rosalind finit par intervenir, une main serrant les perles autour de son cou, l'autre sur le bras de son mari.

Mais impossible de revenir en arrière maintenant. Les yeux brûlants, la poitrine comprimée, Laurel fixa son père.

— Bien, ça veut dire que nous nous comprenons. Elle se dirigea à toute vitesse vers la porte.

— Où crois-tu aller, jeune fille ? Tu ne détales pas devant ton père !

— Je ne détale pas, je galope. Elle résista à l'envie de claquer la porte, une bravade d'adolescente... même pas.

Elle dut s'y reprendre à trois fois pour enfiler le manteau qu'elle avait attrapé en sortant. Ses mains tremblaient beaucoup trop. Elle l'avait fait. Elle s'était disputée avec son père.

Tout était sorti, de la pire des façons. Elle avait accusé son père et lui avait totalement manqué de respect. Peu importe si elle avait dit la vérité. Ce serait étonnant qu'il lui adresse la parole après ça.

Le pick-up de Sebastian n'était pas là.

Tant mieux. Elle n'avait pas envie de le voir pour l'instant. Une crise à la fois.

Le ciel était d'un gris intense. Ce n'était pas le temps idéal pour sortir à cheval, mais elle n'allait pas faire une balade de plaisir. Elle devait se calmer, s'éloigner et prendre du recul pour pouvoir respirer et imaginer quoi faire ensuite. S'il se mettait à pleuvoir, elles se mouilleraient. Elles n'allaient pas fondre !

Dans l'écurie, elle prit une selle et une bride de la sellerie et alla seller Ginger. La jument renâcla, et donna des coups de museau contre l'épaule de Laurel pour se faire gratter sous le museau.

— Tu auras un traitement de reine en rentrant, mais maintenant il faut y aller.

Elle s'attendait un peu à ce que Logan la suive. Probablement, il payait les pots qu'elle avait cassés. Elle s'excuserait auprès de lui et d'Athena en rentrant. Elle sauta en selle et poussa Ginger au galop.

— Au premier signe de confrontation, elle a fait marche arrière. Elle avait la *possibilité* de le faire mais au lieu de le dire, elle s'est mise à parler du prochain semestre et de reprendre les cours comme si nous n'avions pas fait de programmes. Comme si elle ne m'avait pas dit qu'elle voulait changer complètement de vie car elle voulait rester - comme s'ils n'avaient pas fait l'amour dans cette pièce justement - Tout à coup, rester avec moi, c'était saboter sa formation.

Ivy se renfrogna, elle croisa les jambes et s'enfonça dans le divan.

— J'ai du mal à imaginer Laurel dire une telle chose.

— Pourtant, c'est ce qu'elle a fait. Elle m'a dit qu'elle n'allait pas saboter sa formation. C'était idiot d'avoir fait tout ça, d'avoir travaillé si dur et de ne pas terminer ce qu'elle avait commencé.

Ivy serra les lèvres.

— Elle n'a pas tort.

Sebastian fit la grimace, Ivy leva les mains pour le calmer.

— Il est juste qu'elle termine, vu qu'il lui reste un semestre seulement. Et le fait d'avoir un diplôme en droit pourrait impressionner favorablement d'éventuels investisseurs ou mécènes. Mais il n'y a rien qui laisse entendre qu'elle gâcherait sa vie en restant avec toi. Je comprends seulement qu'elle veut mener ses études à terme. Est-ce qu'elle a *dit* explicitement qu'elle ne les reprenait pas ?

Il allait ouvrir la bouche pour répondre par l'affirmative mais il s'arrêta. Ils n'étaient pas encore entrés dans les détails. Ils avaient décidé d'attendre d'en avoir parlé à Logan. C'est exactement ce qu'elle avait dit lors de leur altercation dans l'écurie.

— Ça ne change rien. Rien ne l'empêche de partir et de me refiler ce programme de thérapie équine.

Il s'était promis, il y a des années, qu'on ne l'y reprendrait plus. Qu'il ne ferait rien s'il n'était pas d'accord à cent pour cent, même s'il s'agissait d'investir en lui. Il savait bien qu'on ne pouvait pas se fier aux autres. Les autres vous abandonnent toujours. Or, il était prêt à se jeter dans ce projet pour lequel il avait nourri des doutes dès le début, juste pour que Laurel reste dans sa vie.

Harrison se pencha, appuyant ses avant-bras sur ses genoux.

— Sebastian, mec, Laurel n'est pas Kevin.

— Qu'est-ce qu'il a à voir là-dedans ?

— Écoute, on se connaît depuis des années. Tu étais toujours celui qu'on allait voir en cas de besoin. Tu excelles à être celui dont les autres ont besoin. Mais durant toutes ces années, je ne pense pas t'avoir entendu demander rien d'autre que de l'aide pour transporter des affaires. Punaise, tu ne le faisais que contraint et forcé. Tu ne demandes pas aux autres de t'aider. Jamais. Et si on connaît ton histoire, on comprend. La dernière fois que tu l'as fait, ton beau-père a levé les bras au ciel et est sorti de ta vie. Le type sur lequel tu devais pouvoir compter t'a laissé tomber, et tu as passé ces dix dernières années environ à te dire que tout le monde ferait de même.

— Et puis Laurel arrive. Elle fait tomber tes défenses et te donne exactement ce dont tu as besoin. Tu n'as pas eu à demander, ni à parler. Elle a vu et donné, et c'est tellement différent de ce que tu attendais, que tu n'y crois pas. Je peux le comprendre. C'est difficile de surmonter cette expérience. Mais à un moment, il faudra que tu oses faire confiance à nouveau.

Ivy se pencha.

— Laurel n'est pas avec toi par nécessité. Elle est avec toi parce que c'est ce qu'elle veut. Et elle n'aurait pas parlé de ce projet si elle n'avait pas l'intention de s'y tenir, si elle ne tenait pas à toi, si elle ne voulait pas que ça marche. Car ce n'est pas ce genre de femme. Et quelque part, tu le sais bien, tu ne serais pas tombé amoureux d'elle, tout simplement.

Sebastian ferma les yeux. Il ne pouvait pas le nier. Il était amoureux de Laurel. Et il avait une frousse bleue car elle était la première depuis des années à qui il s'était ouvert complétement, et cela le rendait vulnérable.

Il pensa à la dernière chose dont elle l'avait accusé.

Tu es terrorisé à l'idée d'être à nouveau abandonné, et tu préfères ne pas courir le risque avec moi, avec nous. Tu t'inventes un problème quand il n'y en a pas juste pour dire que c'était écrit. Pour que tu puisses dire que tu avais raison. Que tout le monde part, y compris moi.

C'était ça qu'il faisait ?

Il se repassa leur dispute et cette fois, il entendit vraiment ce qu'elle avait dit et pas ce qu'il avait cru entendre. Elle ne mentait pas. Elle n'était pas revenue sur ses paroles. Ils n'étaient juste pas sur la même longueur d'onde. Et dans sa précipitation, la peur aidant, dès le premier problème, il avait perdu confiance en elle. Elle lui avait demandé d'être là quand elle affronterait ses parents, et c'est *lui* qui s'était défilé. Il ne l'avait pas écoutée, n'était pas resté suffisamment de temps pour se calmer, et l'écouter. Il était parti.

Quel homme était-il pour se comporter ainsi ?

En soupirant, Sebastian se frotta le visage de ses mains.

— Merde, j'ai foiré.

Harrison lui fit un sourire en coin.

— Bon, pour ta défense, tu n'as jamais ressenti de tels sentiments. Ce n'est pas simple d'être amoureux.

— Il n'a pas tort, tu ne serais pas le premier à tirer des plans et à disparaître sans laisser d'adresse.

— Pour ainsi dire, ajouta Harrison.

Ils échangèrent un sourire de connivence, ce qui finit de chambouler Sebastian.

— En fait - poursuivit Ivy - il y a des malentendus, mais on peut les pardonner parce que l'amour, c'est ça.

— Prends ton courage à deux mains, retrouve-la et dis-lui combien tu es désolé. Harrison glissa un bras autour de la taille d'Ivy.

Elle posa la tête sur son épaule.

— Ne la fais pas attendre, Sebastian, va retrouver ta chérie.

❦

INSTINCTIVEMENT, elle suivit le chemin qu'elle avait fait avec Sebastian au premier jour. Elle voulait cette vue d'où elle dominait le monde, pour pouvoir relativiser ses problèmes. Pour le moment ils l'écrasaient, plutôt. Lorsque Ginger et elles s'engagèrent sur le sentier de montagne, la tension dans sa poitrine s'estompa un peu et sa tête commença à fonctionner et pas seulement à réagir à l'adrénaline et à la colère.

Avait-elle tout perdu ? Sa relation avec son père avait sûrement pris un sacré coup. Et probablement aussi avec sa mère qui prenait toujours le parti de son mari. Et Sebastian... Son père ne s'était pas complètement trompé. Il était en partie à l'origine de la scène. Où en étaient-ils ?

Comment pouvait-il conclure si rapidement qu'elle retournerait dans son monde ? Elle pouvait comprendre qu'il le pense sur le moment, mais il ne l'avait même pas laissée s'expliquer. Il avait fait d'emblée marche arrière au lieu d'essayer de résoudre la situation, et c'était là son tort. Que penser de leur capacité à surmonter les tempêtes ? S'ils ne se remettaient pas de cette crise, cela voulait dire qu'il n'était pas l'homme qu'elle pensait. Cette idée qu'elle ait chamboulé toute sa vie pour une illusion, la fit souffrir particulièrement. Est-ce que vivre une vie en étant fidèle à elle-même valait la peine d'être vécue s'il n'en faisait pas partie ?

À la bifurcation, Ginger tira à gauche et Laurel la laissa décider. Pendant un long instant, elle se perdit dans les impulsions et rassemblers du cheval qui commençait à gravir la pente rocailleuse. Lorsque les arbres se raréfièrent, Laurel regarda autour d'elle, s'attendant à apercevoir le panorama, mais rien ne lui était familier. Elle n'avait probablement pas tourné au bon endroit.

— Pas de problème, on fait demi-tour et on redescend.

Les oreilles de Ginger se redressèrent au son de sa voix.

Le sentier était trop étroit pour tourner.

— Bon, on continue jusqu'à ce qu'on arrive à un endroit suffisamment large pour rebrousser chemin. La jument frémit sous elle. Elle devait contrôler ses nerfs, pour que les choses n'empirent pas.

— Tout doux, ma belle. On va trouver et on rentrera. Je te ferai un long massage avec cette brosse bien rêche que tu adores.

Un coup de tonnerre éclata très près, Laurel sentit les vibrations dans l'air. Ginger hennit en trépignant avant de s'élancer à bride abattue sur le sentier rocheux. Laurel perdit un étrier mais garda son assiette, serrant l'animal avec ses genoux tout en essayant de reprendre le contrôle. Mais Ginger était trop paniquée pour obéir. Des prières incohérentes se bousculèrent dans l'esprit de Laurel alors qu'elle luttait pour sa vie.

Un autre grondement ébranla la montagne, et Ginger se cabra. Laurel hurla en glissant de la selle, elle tomba sans pouvoir se rattraper. Elle atterrit dans un craquement d'os au bord du sentier rocheux. La terre s'effondra sous elle, le bas de son corps glissa vers le vide.

Elle chercha à s'agripper, creusant avec les doigts, agitant les pieds. Elle s'accrocha à un arbrisseau qui poussait sur la roche et s'immobilisa en tirant sur son épaule. Dans un sanglot, elle poussa un soupir de soulagement. Elle fit taire la panique et s'étira pour agripper l'arbre des deux mains, en pédalant des pieds à la recherche d'un appui.

Oh mon Dieu, mon Dieu, mon Dieu !

Mais ses pieds ne trouvèrent que le vide, et son corps resta suspendu, les racines s'arrachèrent et elle tomba comme une pierre le long du flanc de la montagne.

12

S e réconcilier avec son amour. En rentrant à la ferme, Sebastian espérait de tout son cœur que c'était encore possible. Peut-être après s'être excusé, c'était leur première dispute et sûrement pas la dernière.

Le ciel s'étendait, gris à perte de vue. Les nuages qui s'amoncelaient sur les montagnes n'étaient pas de bon augure. L'orage s'abattrait sous peu sur les hauteurs et descendrait dans la vallée et la ferme peu après. Il devait nourrir les chevaux, les rassembler et se préparer à ne dormir que d'un œil au cas où Ginger serait prise de panique. Avec ces pensées en tête, il se gara devant l'écurie.

Presque au même moment, des gens se précipitèrent hors de la maison. La tension l'étreignit, il était sur ses gardes avant même que Lawrence Maxwell n'arrive en trombe.

— Te voilà ! C'est ta faute !

Laurel avait fini par lui dire. Tant mieux.

Tout en prenant ses clés, Sebastian garda une expression placide.

— Pardon ?

Logan essaya de s'interposer.

— Papa, calme-toi.

Lawrence l'ignora, il se rapprocha de Sebastian et lui enfonça un doigt dans l'épaule.

— Elle n'a jamais été irréfléchie un seul jour de sa vie mais après deux semaines avec toi, elle envoie soudainement en l'air tout ce pour quoi elle a travaillé. Et pour quel résultat ?

Il fallut à Sebastian toute sa maîtrise pour ne pas lui tordre le doigt et faire ployer Lawrence, plus rien n'endiguait sa colère. Il se redressa de toute sa hauteur, et domina le vieil homme.

— Pour pouvoir respirer, rugit-il. Est-ce que vous réalisez ce qu'elle a vécu ces dernières années ? Elle a étudié sans relâche, s'est fait violence jusqu'à avoir des crises de panique, tout ça pour avoir votre approbation, ce que vous lui devez de toute façon parce qu'elle est exceptionnelle, quoi qu'elle entreprenne.

— Elle bousille sa vie, je ne peux pas la laisser faire.

— Ce n'est pas à vous de décider. Elle est adulte, capable de décider pour elle, ou le serait si vous arrêtiez de de manipuler vos enfants en ne s'intéressant à eux que lorsqu'ils font ce que vous voulez. Un parent est censé être présent, apporter son soutien et être à l'écoute des désirs de ses enfants et non pas essayer d'en faire une copie conforme ou de leur imposer son emploi du temps.

Le visage de son interlocuteur devint cramoisi de colère.

— Comment oses-tu insinuer...

— Pour l'amour du ciel, papa - coupa Logan- même en pareil moment, ce qui t'intéresse, c'est d'avoir le dessus dans cette dispute et de faire valoir ton point de vue en oubliant ce qui est vraiment important. Sebastian, Laurel a disparu.

— Pardon ?

— Elle n'est pas rentrée.

— De quoi parles-tu ?

— Laurel, elle était énervée, elle est partie à cheval, il y a plus d'une heure. Elle n'est pas rentrée.

Le tonnerre résonna dans la vallée.

Oh non. Merde. Il le sentait. Avant même d'entendre le martèlement des sabots, il le sentait.

Ginger déboucha en flèche des pâturages au nord, les étriers battaient ses flancs, la selle était vide.

Alors que le ciel lui tombait sur la tête, Sebastian alla l'intercepter, en agitant les bras. Elle faillit le renverser puis se cabra au dernier moment. Dans un élan, il saisit les rênes qui pendaient, accompagnant ses mouvements.

— Hohooo. Tout doux. On se calme.

Il la rapprocha délicatement de lui jusqu'à ce qu'il puisse poser la main sur son cou frémissant. Ses yeux étaient révulsés de terreur et elle soufflait et inspirait comme un soufflet de forge. Malgré la panique qui le tenaillait, il lui parla d'une voix douce et calme, il l'apaisa jusqu'à ce qu'elle s'immobilise et qu'il puisse contrôler ses jambes et pieds. Elle avait plusieurs entailles le long des boulets et des cailloux coincés dans les sabots. Ce serait un miracle si elle ne boitait pas le lendemain.

—Logan, selle Brego.

Il se dirigeait déjà vers l'écurie.

— Et qui d'autre ?

— Aucun !

— Pardon, mais on doit la chercher. Elle est peut-être blessée ou...

— Ne finis pas ta phrase - tout doucement, Sebastian guida Ginger vers l'écurie - je pars à sa recherche. Mais une tempête se prépare et il fera nuit dans une demi-heure. Je ne veux pas que d'autres chevaux ou des cavaliers inexpérimentés se blessent à cause de l'orage.

— Tu ne veux pas ? De quel droit ? Ma fille a disparu ! Lawrence ordonnait, mais la peur transparaissait derrière la colère.

Sebastian résista à l'envie de lui dire que s'il avait été moins con, Laurel n'aurait pas disparu. Ce qui valait pour lui aussi.

— Parce que je suis un Ranger de l'armée américaine, je suis entraîné pour la recherche et le sauvetage, vous, non.

Il tourna le dos au père de Laurel, et se concentra sur sa tâche immédiate, enleva les cailloux et retira la selle à la jument terrifiée.

— Bien, ma jolie, tu es à l'abri. Il la relâcha et la suivit des yeux alors qu'elle se précipitait vers l'auvent à trois parois.

— Athena, appelle Xander. Qu'il mette les services de recherche et sauvetage en alerte. Sans attendre pour voir si elle se mettait en action, il se précipita dans sa cabane. Des milliers de scénarios sur la raison pour laquelle Ginger était rentrée sans sa cavalière grouillaient dans sa tête, et aucun n'inclinait à l'optimisme. Il pria pour que Laurel ait mis pied à terre pour contrôler le pied de la jument et que les rênes lui aient glissé des mains lorsque le cheval avait paniqué. C'était la seule version qu'il concevait où elle n'était pas désarçonnée et souffrait de blessures multiples. Il enfila un vêtement de pluie et attrapa le sac prêt pour les missions de recherche et de sauvetage. Il n'avait été appelé qu'en quelques occasions depuis qu'il avait rejoint l'équipe locale de SAR et toujours pour des opérations simples, qui s'étaient bien terminées. Cette fois-ci, c'était une autre paire de manches car ça le touchait directement.

— *Courage, bordel ! Où que tu sois, tiens bon, j'arrive.*

En moins de cinq minutes, il était de retour, enlevant du sac les provisions et le sac de couchage pour les mettre dans les sacoches.

— Tu comptes camper ? demanda Lawrence, incrédule.

— Peut-être. Je ne sais pas ce qui m'attend, et si je suis en montagne, à la nuit tombée, c'est risqué de redescendre à cheval.

Athena sortit de la maison en courant.

— Xander a son équipe prête à intervenir.

— Espérons que nous n'en aurons pas besoin - mais la température baissait et la pluie n'allait pas tarder. Sebastian sauta en selle - Prenez le 4x4 et le pick-up et contrôlez tous les endroits que vous pouvez rejoindre en voiture. Moi, je contrôlerai ceux qui sont inaccessibles en voiture. Ma radio est branchée, il risque d'y avoir des interférences avec l'orage. Restons en contact, du mieux que nous pouvons. Si je la trouve quand il fera nuit et que je n'arrive pas à vous contacter, j'ai un pistolet de détresse.

— Que pouvons-nous faire d'autre ? La mère de Laurel, livide, se tenait les bras serrés autour d'elle.

Sebastian n'y alla pas par quatre chemins.

— Prier.

Il enfonça ses talons dans les flancs de Brego et partit au galop à la recherche de la femme qu'il aimait.

Tout lui faisait mal.

Pourquoi se sentait-elle comme après trois rounds avec Mike Tyson ? Et pourquoi avait-elle si froid ?

Elle ouvrit les yeux, et fronça immédiatement les sourcils car son cerveau ne réagit pas en voyant l'étendue grise qui brouillait sa vue. Elle cligna lentement des yeux et essaya de bouger. Une douleur lancinante s'irradia de son épaule et son crâne battait comme un tambour.

Qu'est-ce qui se passe ?

Le tonnerre éclata beaucoup trop près, le souvenir lui revint comme une gifle. Ginger. L'orage. Elle était tombée.

Oh mon Dieu !

Elle sentit l'urgence qui battait dans ses veines alors qu'elle essayait de se mettre à genoux. Sa main glissa, instinctivement elle se jeta dans la direction opposée pour ne pas heurter le sol, et elle aperçut le vide. La terreur la priva de toute capacité de hurler, mais elle recula, se collant le plus possible à la paroi rocheuse. Par miracle, elle avait atterri sur une saillie rocheuse au lieu de dégringoler tout en bas. Elle ne devait même pas être juchée à plus d'un mètre de profondeur, si elle avait roulé de l'autre côté ou glissé quelques centimètres plus à gauche ou à droite, elle se serait ratée.

Ses poumons se contractèrent, elle repoussa la crise d'angoisse. L'angoisse ne la sortirait pas de cette situation. *Inspirer par le nez, expirer par la bouche.* Le tonnerre éclata à nouveau. Elle ne pouvait pas rester là. La foudre pouvait la frapper à tout moment.

Tout en contrôlant sa respiration, Laurel examina ses blessures. Son épaule semblait la plus touchée. Elle fit rouler délicatement l'articulation et eut la preuve que c'était une entorse, non pas une luxation. Elle était remplie d'ecchymoses et d'écorchures et elle avait tapé la tête, mais rien ne semblait cassé. Elle pouvait grimper.

Un seul coup d'œil à la pente qu'elle avait dévalée l'en dissuada. Le sentier était à au moins quatre ou six mètres au-dessus. La paroi rocheuse était pratiquement verticale, avec aucune prise facile. Si seulement elle avait eu une corde ! Ginger avait disparu et son seul espoir était que la jument soit descendue de la montagne saine et sauve et qu'elle ait alarmé quelqu'un.

— Au secours - cria-t-elle, sa voix rebondit sur la paroi de la montagne - à l'aide !

Le ciel lui répondit dans un roulement de tonnerre et s'ouvrit, déversant sur elle une pluie glaciale. Une minute lui suffit pour être trempée, deux pour grelotter. Combien de temps fallait-il pour mourir de froid ? Personne n'avait remarqué son absence ?

Elle pourrait peut-être grimper ou glisser sur une base plus solide ? Elle se pencha pour voir par-dessus le rebord. La seule possibilité, c'était de glisser dans une longue chute. Elle devait faire quelque chose, elle continua à crier entre les grondements du tonnerre. Personne ne venait, qui pouvait l'entendre de si haut ? La nuit tombait, l'absurdité de sa situation lui tira des larmes qui se mêlèrent à la pluie glaciale.

Si elle avait mieux géré les choses, elle ne se serait pas retrouvée dans cette situation. Si elle avait dit la vérité à son père d'une façon calme et pondérée, elle ne se serait peut-être pas emportée. Elle ne se serait sûrement pas disputée avec Sebastian et elle ne serait pas venue seule ici à cheval. Le regret lui pesait autant que ses vêtements trempés.

Il était trop tard désormais. Même si on la recherchait, qui penserait la trouver ici ? Ils ne sauraient même pas où regarder. Dans le meilleur des cas, elle serait en hypothermie bien avant la levée du jour, dans le pire des cas... elle n'était pas prête à penser au pire, car le pire voulait dire ne jamais revoir Sebastian, ne pas pouvoir lui dire qu'elle l'aimait.

Elle n'était pas encore prête à baisser les bras.

S'il vous plaît, mon Dieu, montrez-moi la voie, faites que ce ne soit pas la fin !

Le froid s'infiltra jusque dans sa moelle, aucune réponse n'arriva. Les mains qu'elle avait glissées sous ses aisselles ne sentaient plus le froid, ni la douleur, tant elles étaient engourdies, ainsi que ses pieds. Même si elle avait voulu grimper dans l'obscurité, elle n'aurait pas été capable de s'agripper à quoi que ce soit. Des trombes d'eau se déversaient, mordaient ses joues. Puis elle ne les sentit même plus, son corps s'enfonçait dangereusement dans un territoire mortellement froid. Tremblait-elle encore ? Laurel n'aurait pu le dire. Elle avait du mal à garder les yeux ouverts, à rester consciente dans cette longue nuit humide.

Lorsque son corps glissa, roulant sur le côté, elle ne put se rattraper. Elle ne contrôlait plus ses muscles. Elle n'avait plus de volonté. Elle ne sentait même plus le froid. Elle était au-delà de ça. Dans un coin sombre de sa tête, une petite voix criait pour la réveiller, pour qu'elle s'assoie, fasse quelque chose pour faire circuler le sang, pour produire de la chaleur. Mais elle n'était plus en mesure d'écouter.

Mourir congelée n'était peut-être pas la pire façon de partir.

Laurel.

Son cerveau criait à nouveau, plus fort cette fois. Plus profondément aussi. Quand est-ce que sa voix intérieure était devenue celle de Sebastian ? Elle aurait aimé s'en aller en rêvant de lui. Elle avait lu quelque part que mourir de froid n'était pas si terrible. On s'endort et on ne se réveille plus.

— Laurel ! La voix était plus forte maintenant. Et c'était vraiment celle de Sebastian, et il semblait... proche ? C'était impossible. Vraiment ?

Dans un effort surhumain, elle ouvrit les yeux et vit la traînée lumineuse d'une étoile filante. Était-elle là pour éclairer sa montée au paradis ?

Elle prêta l'oreille, pour voir si elle entendait son nom à nouveau, rien. Elle referma les yeux pour se replonger dans son rêve. Là au moins, elle pouvait dire ce qu'elle avait dans le cœur.

— Laurel ! Doux Jésus. Et il arriva, son bel archange, l'enveloppant de ses bras. Laurel se blottit contre lui, voulant que le rêve se prolonge. Le rêve était chaud.

— Mon amour, courage, réveille-toi. Tu dois me regarder. Pour l'amour de Dieu, réveille-toi. Le Sebastian de son rêve paniquait. Quelque chose n'allait pas, comme la douleur vive le long de son cou.

Elle se força une dernière fois à ouvrir les yeux et elle le vit. Il était sombre et sa silhouette était floue, mais elle l'aurait reconnu n'importe où. Il caressa à nouveau son visage.

— Aïe, grogna-t-elle.

Il fit un bruit comme un animal blessé et brusquement, elle fut soulevée et il la serra contre lui. Parce qu'il était *là,* Dieu soit loué, il était vraiment là. Il l'avait recherchée. Son cœur qui s'était ralenti avec le froid commença à battre douloureusement dans sa poitrine.

Sebastian.

Elle essaya de prononcer son nom mais ses lèvres ne pouvaient pas former le mot. Le seul son qui sortit était un gémissement.

— Tout va bien se passer, mon amour, je suis avec toi, je te promets.

À bout de force, ses yeux se refermèrent et elle se laissa engloutir par les ténèbres.

Quand elle reprit conscience, elle sentit la cadence irrégulière d'un cheval. Elle rassembla toute l'énergie qui lui restait et ouvrit les yeux à nouveau.

Elle était *sur* un cheval, attachée à la selle. Devant elle, une silhouette sombre tenait les rênes, les conduisant sur un chemin rocheux. Sebastian. Elle reconnaissait son allure. Ses oreilles bourdonnaient dans le silence, entrecoupé par le bruit des sabots. Il ne pleuvait plus. Des tourbillons blancs les entouraient. Il neigeait ?

Auraient-ils vraiment un Noël tout blanc ?

Ça lui sembla amusant et elle se mit à rire. Le son sortit comme un léger râle poussif, mais cela suffit à attirer l'attention de Sebastian.

— Laurel ? Tu es réveillée ?

Il fut à côté d'elle en un instant, une main posée sur sa jambe. Elle le voyait, mais ne sentait rien. Qu'est-ce que ça voulait dire ?

Elle essaya de se concentrer malgré les oscillations de la selle.

— Sebastian, je suis vivante ?

Il fit un bruit de gorge étouffé et tendit la main pour toucher son visage.

— Oui, et je vais m'assurer que tu le restes.

Elle le sentait. Le toucher de son doigt ganté sur sa peau,

une explosion de douleurs. Il était bien là. Ce n'était pas un rêve ni une hallucination, mais bien lui en chair et en os. Il l'avait sauvée.

— D'accord.

— Reste éveillée, tu dois rester éveillée, chérie.

— Je n'y arrive pas.

— Laurel ! Elle sentait l'inquiétude et l'urgence dans sa voix, elle savait qu'il avait peur pour elle, mais elle était trop fatiguée, elle savait qu'elle était entre de bonnes mains, qu'il accomplirait sa promesse. Elle se laissa glisser dans le néant.

13

Pendant toute la montée, il avait maudit la pluie, maintenant il maudissait la neige et les températures qui baissaient de plus en plus. Ils ne pouvaient pas redescendre dans ces conditions et Laurel ne survivrait pas, si sa température corporelle ne remontait pas. Il avait une chance, et il espérait à chaque pas qu'elle suffirait.

Il faillit rater la cabane dans l'obscurité. Dame Nature avait fait des pas de géant dans sa reconquête de l'ancienne cabane des contrebandiers. Une sorte d'arbrisseau avait poussé entre les planches du porche et une végétation luxuriante s'enchevêtrait et formait un écran naturel. Mais elle était toujours là. Il attacha rapidement les rênes de Brego à une poutre et franchit le porche. De nombreuses planches étaient cassées. La seule porte d'accès était fermée. La poignée mit du temps à tourner, puis elle ne s'ouvrit que de quelques centimètres avant de se bloquer. Il glissa une épaule, réussit à la forcer et put entrer.

En s'éclairant avec sa torche, il examina l'endroit. Le plafond était intact. Des flaques de-ci de-là témoignaient de la présence d'infiltrations, mais il n'y avait pas de trous béants. Le sol à larges planches était un peu gondolé mais semblait stable.

Les quelques fenêtres avaient des fissures et des carreaux manquaient. Une table et deux chaises occupaient le coin à l'entrée, près d'un vieux poêle à bois. Il n'y avait pas d'autres meubles, l'endroit avait été vidé il y a bien longtemps, mais ça les protégerait du vent et de la neige. Mais que faire de Brego ? Il n'était pas sûr que le sol supporterait son poids et vu leur situation, il n'avait vraiment pas besoin qu'il se blesse à une jambe. Il se précipita dehors et fit le tour. A l'arrière, bingo ! Un appentis avait été construit entre la hutte et la roche. Rien de plus qu'un toit en tôle qui les reliait, mais les broussailles et les arbres formaient un écran naturel des deux côtés qui faisait presque totalement obstacle au vent. Ce ne serait pas facile d'y faire rentrer le cheval, mais le renfoncement qu'il formait le protégerait du mauvais temps pour la nuit.

Laurel gémit lorsqu'il la détacha de la selle et la fit glisser. Elle se réveilla suffisamment pour se blottir contre lui quand il la souleva et la porta dans la cabane. Il l'étendit délicatement sur le sol.

— Ne me quitte pas, sa voix était éraillée.

Son cœur ne fit qu'un tour. Ne franchirait-il pas l'enfer une fois de plus pour la trouver ?

— Je ne vais nulle part, juste prendre mon sac.

Il la porta à l'intérieur, mit sa torche en mode lanterne, et sortit une couverture réfléchissante et des chauffe-mains auto-chauffants. Il ouvrit les deux emballages et les secoua jusqu'à ce qu'ils soient chauds, puis enleva son manteau. Elle gémit à nouveau lorsqu'il la débarrassa de ses vêtements mouillés. Sa peau était glacée au toucher et ses lèvres étaient bleuâtres, mais seules les égratignures et les ecchymoses semblaient être les blessures les plus profondes, un vrai miracle. Le véritable danger venait des complications dues à l'exposition au froid.

— Je suis désolé, vraiment. Pour tant de choses, mais les reproches viendraient après.

Aussi délicatement que possible, il l'entoura de la couverture réfléchissante, coinçant les chauffe-mains sous ses aisselles. Ce n'était pas suffisant, et cela prendrait du temps. Son regard s'arrêta sur le poêle. Était-ce sage de l'allumer ? Qui sait quand il avait servi pour la dernière fois. La cheminée était peut-être bouchée par des nids d'oiseaux ou autres détritus. Mais ils avaient besoin d'une source de chaleur. Ne trouvant aucune trace de vermine à l'intérieur et visiblement le vent sifflait dans la bouche d'aération, il décida de tenter le coup.

D'un geste brutal et efficace, il cassa la chaise. Il brisa les morceaux restants pour qu'ils rentrent dans le poêle et les y enfonça, ajouta un allume-feu qu'il avait dans son sac, soulagé que le feu prenne. Lorsqu'il fut certain qu'il était allumé, il retourna auprès de Laurel. Derrière les paupières closes, ses yeux s'agitaient alors qu'il vérifiait son pouls, lent, mais fort. Il savait que Laurel serait stable pour les minutes à venir, il sortit pour contacter la ferme à nouveau. Il y avait une interférence avec le signal, et il ne pouvait qu'espérer qu'ils avaient vu sa fusée. Pour le moment, il devait s'occuper du cheval.

Brego rechigna lorsque Sebastian le tira vers l'épais groupe d'arbres.

— Allez, mon grand. Je sais que tu veux te sortir de ce temps épouvantable comme moi. Tu as suffisamment confiance en moi pour m'avoir conduit ici, fais-moi encore un peu confiance.

Le cheval renâcla, baissa la tête et fit un pas en avant, s'enfonçant dans les arbres. Lorsqu'il fut à l'abri du vent et de la neige, il poussa un profond soupir, comme s'il comprenait finalement qu'il était temps de se reposer pour la nuit. Sebastian trancha une branche de cèdre avec son couteau de combat et l'utilisa pour le débarrasser de la neige. Sa monture méritait mieux que ça, mais elle devrait attendre qu'il se soit occupé de Laurel.

— Je t'amène de l'eau dès que j'ai un moment - avant de

retourner à l'intérieur, Sebastian enfouit son visage dans le cou de Brego - merci, merci de m'avoir amené ici, d'avoir risqué ta vie pour sauver la sienne. Il se donna une minute. Soixante petites secondes pour que la peur qu'il avait réfrénée pendant des heures soit évacuée de son organisme. Peur de ne pas la trouver. De la trouver en miettes ou morte. Tous les terribles scénarios qu'il s'était repassés dans la tête lors de cette chevauchée effrénée.

C'était de sa faute. Il l'avait su dès qu'il avait vu Ginger. S'il n'avait pas poussé Laurel à bout, s'il n'avait pas été aussi fragile, elle aurait attendu avant d'annoncer la nouvelle. Ça aurait très bien pu tourner au drame, mais elle n'aurait pas été seule. Il aurait été avec elle, pour elle. Elle se serait tournée vers lui contrariée, au lieu de partir à cheval en pleine tempête, sur le seul cheval de l'étable qui paniquait mais ça, elle ne pouvait pas le savoir.

Il savait qu'il devait faire vite, il remisa ses pensées dans un coin du cerveau, prêt à en reprendre le fil plus tard quand tout serait fini. Il l'avait retrouvée, elle n'était plus en danger, elle allait s'en sortir. Il y avait des milliers de choses à faire, mais pour le moment, c'était tout ce qui comptait.

Laurel se réveilla, elle avait mal et la chaleur était insupportable. Elle se débattait, confuse, encore aux prises avec un sommeil plus ou moins profond. L'odeur de Sebastian flottait sur elle, apaisant l'inquiétude laissée par des rêves dont elle se souvenait à peine. Une main forte enserrait sa tête, et elle sentait la légère chaleur de son souffle qui agitait ses cheveux aux tempes. Tous ses membres étaient endoloris, mais ainsi enlacés l'un à l'autre, encore très endormie, elle ne trouva pas la force de faire autre chose que de se blottir davantage, sa peau contre la sienne.

— Laurel ?

Elle se colla encore davantage en grognant.

— Tu as besoin d'un nouveau matelas.

— Tu es réveillée, Dieu soit loué. Elle se demanda pourquoi dans sa voix rauque, elle décelait le soulagement et la fatigue. Elle se força à faire surface et ouvrit les yeux. Ils n'étaient pas chez lui. Ils n'étaient même pas dans un lit. Et il n'avait pas besoin d'un nouveau matelas, c'était lui le matelas. Elle était allongée sur lui, entourée d'une sorte de couverture. Un sac de couchage ? Ce qui expliquerait le peu d'espace pour bouger. Ils étaient couchés à même le bois du sol dans une pièce qui aurait pu servir de décor pour un western ringard. Tout était sombre, à l'exception de la lueur dispensée par un vieux poêle à bois dans un coin. Quelques vêtements gisaient à côté.

— Où sommes-nous ?

— Dans la cabane des contrebandiers, c'était l'abri le plus proche de là où je t'ai trouvée.

En un instant, tout lui revint à la mémoire. La chute, la tempête. La mort si proche.

— Je pensais que tu étais un rêve. Mais le cœur qui battait régulièrement contre elle, prouvait le contraire.

Ses bras la serrèrent plus fort, sa voix se fit hésitante.

— J'ai pensé que j'arriverais trop tard.

Étant donné qu'elle avait souvent perdu conscience, il n'avait pas vraiment tort. Combien de temps aurait-elle tenu ?

— Je ne pensais même pas qu'on me cherchait dans cette tempête. Je pensais mourir congelée avant le lever du jour - elle en trembla, et se recroquevilla davantage dans la chaleur qu'il dégageait - comment as-tu fait pour me trouver ?

— Ginger est rentrée sans toi.

— Ella a réussi à rentrer ? Dieu merci. Si la jument avait été blessée ou s'était tuée à cause de sa bêtise, elle ne se le serait jamais pardonné.

— J'ai vécu des moments terribles, j'ai affronté des terroristes, des trafiquants d'armes et toutes sortes de combattants ennemis. Mais je n'ai jamais eu aussi peur de ma vie que lorsque j'ai vu cette selle vide.

Et il avait chevauché en pleine tempête pour la retrouver, malgré les méchancetés qu'ils s'étaient dites, il l'avait cherchée. Et il avait risqué sa vie pour sauver la sienne.

L'émotion lui noua la gorge. Elle aimait cet homme. Totalement, à la folie. Elle s'était retenue de le dire avant, pensant que c'était trop tôt. Mais coincée sur cette corniche, consciente qu'elle pouvait mourir, la logique, les convenances, toutes ces idioties ne tenaient plus. La seule pensée qu'elle avait en tête, alors que son corps devenait froid, était qu'elle ne le reverrait plus jamais, ne pourrait plus lui dire ce qu'elle ressentait. Elle n'allait plus perdre de temps.

Elle se redressa suffisamment pour qu'il voie son visage, elle inspira.

— Sebastian.

Il enroula sa main autour de sa nuque.

— Attends, je dois te dire quelque chose.

L'intensité de son regard lui fit ravaler ses mots.

— D'accord.

— Je suis désolé, je suis vraiment désolé de ne pas t'avoir crue. D'avoir tout compliqué avec mes propres problèmes...

— On aurait dû en parler avant l'arrivée de mes parents. J'aurais dû m'assurer que tu avais bien compris que j'allais finir ma dernière année d'université, que j'éviterais de provoquer un scandale avec ma décision pour le poste avant Noël. Tu t'attendais à une chose, j'ai fait autre chose et tu as réagi.

— Violemment, j'en suis navré.

Elle dégagea une main pour caresser sa joue.

— Tu as réagi comme quelqu'un qui a été blessé dans le passé. Quelqu'un qui a fait confiance à une personne qui l'a laissé tomber. Tu aurais pu me croire, mais moi, j'aurais dû être plus attentive.

— Laurel. Il colla son front au sien, elle ferma les yeux, et sentit que son monde reprenait son cours normal. Ils allaient s'en sortir.

Ses doigts glissèrent le long de sa nuque, comme s'il devait s'assurer qu'il pouvait la toucher.

— Je dois t'expliquer. Ça a juste pris une telle... importance. Tout d'abord le centre de thérapie équine, puis l'idée de s'agrandir en dehors de l'exploitation de Logan... Je n'étais plus sûr. Jusqu'à ce que tu dises que tu voulais rester, t'en occuper avec moi. Ce n'était plus aussi impressionnant avec toi à mes côtés pour s'en occuper. Tu es une véritable force de la nature.

Elle ne put s'empêcher de renifler. Sebastian esquissa un demi-sourire puis redevint sérieux.

— Et cette vision de toi et moi, nous en occupant tous les deux, prenait de plus en plus forme au fur et à mesure que nous passions du temps ensemble. Je ne crois pas avoir vécu quelque chose de semblable dans ma vie, d'aussi fort, d'aussi réel, d'aussi important. Et puis...

Elle comprenait maintenant ce qu'il avait pensé en l'écoutant bavarder avec son père de la possibilité de courir après d'autres offres d'emploi, une fois diplômée. Lui, si droit et honnête, bien loin du monde des masques sociaux et des doubles discours.

— Et puis mes parents sont arrivés et je me suis comportée comme si rien ne s'était produit. Ça t'a fait croire que je pourrais changer d'avis et reprendre mon ancienne vie.

Il ébaucha un sourire penaud.

— J'avais l'impression d'avoir bâti des châteaux en l'air.

Le cœur de Laurel se contracta à l'idée de l'avoir blessé, même involontairement.

— Sebastian, je suis désolée.

— Non, c'est moi qui le suis. Je te connais, je connais ton

courage, ton intégrité. J'aurais dû te croire. Te croire vraiment...
j'ai... je n'ai jamais aimé quelqu'un avant. Pas comme je t'aime.
Une explosion de joie déferla dans son cœur. Il l'aimait.

Elle tourna la tête et déposa un baiser sur la paume de sa
main.

— J'allais le dire à l'instant. Je t'aime, Sebastian - elle vit ses
yeux se remplir de joie en retour et ne put s'empêcher de
sourire - je sais qu'il y a des centaines de choses dont nous
devrions parler, mais finalement, ce qui compte vraiment, c'est
que je t'aime et que je suis en vie pour le dire, grâce à toi - elle
effleura ses lèvres avec les siennes, et murmura - merci d'être
venu à ma recherche.

— J'aurais chevauché jusqu'en enfer pour te ramener.

Il l'embrassa, savourant sa bouche avec une telle délicatesse
que tout s'estompa, seuls restaient le goût de lui et ses sensa-
tions. Ce n'était pas suffisant, elle s'allongea vers lui et se cogna
le genou contre le sol.

— Ouille !

Sebastian se figea.

— Ça va ?

— À part être inhibée sexuellement par le sac de couchage,
tout va bien.

Il pouffa.

— Excuse-moi. Je n'avais pas prévu de te draguer. Tu étais
en hypothermie, c'était le moyen le plus sûr pour faire
remonter ta température. Un véritable exploit de te faire
rentrer là-dedans.

Elle se tortilla pour vérifier mais dut reconnaître qu'il avait
raison.

— C'est de la nudité tristement gaspillée. Un stupide
préservatif tout temps, pour températures extrêmes, rempli de
duvet.

Il éclata carrément de rire.

— Je te promets de passer quelques heures à me faire pardonner quand nous serons rentrés à la maison.

— La maison - le mot sortit dans un soupir, elle se cala contre lui, la tête sous son menton - tu sais, Henry David Thoreau a dit « Si vous avez bâti des châteaux en l'air, votre travail n'en sera pas forcément perdu. C'est bien là qu'ils doivent être. Maintenant il n'y a plus qu'à placer des fondations par-dessous. » Je veux rentrer à la maison avec toi, construire les fondations pour notre vie ensemble que tu dépeignais si bien.

— Et nous vivrons heureux jusqu'à la fin des temps ?

— Une fois que nous nous serons occupés de mon père.

Ses bras l'enserrèrent, une main retourna autour de sa nuque.

— Ne t'en fais pas, je suis tout à fait sûr que tu peux vendre de la glace à un esquimau. Et je serai à tes côtés, car après une telle frayeur, estime-toi heureuse si je te perds de vue, les cinquante ou soixante prochaines années.

Elle se blottit contre lui, sentant tout le stress et la tension s'envoler.

— Ça me convient.

14

— L ieutenant Donnelly, répondez, terminé. Sebastian se réveilla en sursaut, mentalement prêt pour l'action. Mais il n'était plus dans une zone de conflit, il n'attendait pas qu'on évacue ses troupes. Un poids chaud le recouvrait, les cheveux éparpillés sur son torse. Laurel. Sous ses paumes, son dos se soulevait et retombait dans un rythme lent, régulier. Les premières lueurs de l'aube filtraient à travers les fenêtres de la cabane.

Quelque part à sa droite, la radio crépita à nouveau.

— Putain, Sebastian, réponds-moi. Il reconnut la voix inquiète d'Harrison.

Laurel grogna, enfouissant davantage la tête dans sa poitrine alors qu'il s'étirait pour prendre la radio. Sur sa peau nue, on pouvait voir qu'il avait la chair de poule. Le feu s'était éteint dans la nuit.

— Bonjour à toi, mon Capitaine.

— Dieu soit loué. Où en êtes-vous ?

— Nous allons bien. Qu'est-ce que tu fais sur ce canal ?

— Le shérif nous a informés la nuit dernière. Ils ont vu ta fusée de détresse, mais personne n'arrivait à te joindre par radio, nous étions prêts à intervenir dès les premières lueurs de l'aube, en cas de besoin.

— Non. Je pourrai la descendre.

— Avez-vous besoin de soins médicaux ?

Laurel bougea, appuya son menton sur ses pectoraux et le regarda en clignant de ses yeux noisette endormis.

— Il faudra l'examiner, par précaution, mais elle n'est pas en situation d'urgence. Nous nous mettrons en marche dès que j'aurai tout emballé. On peut renvoyer tous ceux qui ont été mobilisés.

— Bien reçu.

— Peut-on lui parler ? C'était une nouvelle voix sur la ligne.

Cette voix tira immédiatement Laurel de sa torpeur.

Sebastian retira le doigt du bouton du microphone.

— Tu n'as peut-être pas envie de parler à ton père en ce moment, mais il a probablement besoin d'entendre ta voix. Sinon, ta mère, Logan ou Athena.

Laurel acquiesça en soupirant.

— Papa ?

Le silence dura si longtemps que Sebastian se demanda si la radio ne s'était pas éteinte.

— Tu vas bien, ma chérie ?

Ses lèvres ne furent plus qu'une ligne.

— Je suis en vie et en un seul morceau.

Est-ce que son père avait réalisé qu'elle ne répondait pas à la question ?

— Dieu soit loué. Le visage de Laurel se détendit en entendant sa voix tremblante. Sebastian était prêt à parier que Lawrence Maxwell était peu enclin à montrer ses émotions.

— Remercie Sebastian, dit-elle - ses mots résonnaient comme une plaidoirie - nous nous préparons à descendre.

— Donnelly, terminé.

Avant même qu'il ait posé la radio, elle se débattait avec la fermeture éclair et s'extirpait du sac de couchage. Lorsque l'air glacial fouetta sa peau, il eut envie de jurer. Laurel, elle, se limita à se recroqueviller, et sans piper mot, elle se précipita là où il avait étendu leurs affaires, près du poêle, la nuit dernière.

— C'est sec ?

— Un peu rêche, mais oui. Elle se glissa dans ses vêtements, avant même qu'il ne sorte du sac. Il put voir la palette d'ecchymoses qui marbraient sa peau. Cela lui rappela brutalement ce qu'elle avait vécu.

Il fut pétrifié en pensant à ce que ça évoquait. Tant de variantes où elle ne s'en sortait pas vivante, où il était trop tard, où il avait échoué.

— Sebastian - les bras de Laurel l'entourèrent et il enfouit le visage dans ses cheveux - qu'est-ce qui se passe ?

— Rien, c'est juste que... il la rapprocha en faisant attention de ne pas la serrer trop fort - tu aurais pu mourir.

— Mais je suis en vie et entière grâce à toi. Je vais bien.

Il recula juste assez pour voir son visage.

— *Vraiment ?* Tu as l'air... un peu distante.

Elle baissa la tête.

— Je redoute le moment où je devrai affronter tout le monde. Je me sens stupide d'être partie à cheval. Comme si j'avais piqué ma crise sur un coup de tête, et que ça ait gâché le Noël de tout le monde.

Mince, c'était Noël. Il l'avait complètement oublié dans le branle-bas général.

— Tu ne pouvais pas savoir que Ginger avait la phobie des orages. Et je suis plutôt sûr que ce que tu as dit à ton père, quelle que soit la façon dont tu l'as dit, était justifié. D'ailleurs, tu devrais savoir que ton père et moi, euh, nous avons eu un différend avant que je me mette en route.

— Oh ?

— Il m'en a dit de toutes les couleurs lorsque je suis rentré. Apparemment, j'ai une mauvaise influence sur toi. Je lui ai dit exactement ce que je pense de la façon dont il te traite et je ne suis probablement pas dans ses petits papiers en ce moment.

— Le fait que tu m'aies sauvé la vie devrait changer la donne - elle approcha la bouche de la sienne pour l'embrasser doucement - merci d'avoir pris ma défense.

— Toujours.

Son estomac gargouilla très fort, elle en rit.

— J'ai trop faim.

Sebastian lui tendit une barre énergétique et de l'eau.

— Prends ça en attendant. Je vais seller Brego.

En moins de deux, ce fut fait et il conduisit le cheval à l'entrée de la cabane pour charger les affaires. Il contrôla le poêle une dernière fois pour s'assurer qu'il n'y avait plus de braises, il termina de charger les sacoches et aida Laurel à monter. Lorsqu'il fut installé derrière elle, elle s'appuya contre lui, posant un bras sur les siens qui enserraient sa taille.

— Rentrons à la maison, dit-elle dans un soupir.

La maison. Elle y était, dans ses bras.

La descente prit plus de temps qu'il ne l'aurait voulu, mais ils étaient deux, et il ne voulait pas fatiguer Brego inutilement. Lorsqu'ils s'engagèrent sur le chemin de la ferme qui longeait les prés au nord et au-delà, le cheval accéléra la cadence.

— Ventre affamé n'a point d'oreille, observa Sebastian.

— Ça vaut pour moi. Manger, une douche et des vêtements propres, dans le désordre.

Ils divaguèrent sur ce qu'ils rêvaient de manger.

On pourra sûrement amadouer Athena pour qu'elle nous cuisine quelque chose. Quel intérêt d'avoir une belle-sœur chef étoilée si je ne peux pas la supplier de... Laurel s'interrompit, ils arrivaient en haut de la montée et la maison apparut. Il y avait des voitures partout, garées en épi devant l'écurie et la maison. Plus d'une vingtaine de personnes circulaient dans la cour.

— Je croyais que tu leur avais dit à tous de rentrer.

— Je l'ai fait - Sebastian observa les voitures, et constata que plusieurs appartenaient à l'équipe de sauvetage- mais ils voulaient voir de leurs propres yeux que nous allions bien.

Quelqu'un dut les apercevoir car des acclamations s'élevèrent de la petite foule.

— Tu es prête ? demanda-t-il.

— Ai-je le choix ?

— Non, pas vraiment - il resserra son étreinte autour de sa taille – Je suis à côté de toi.

— Je te prends au pied de la lettre.

Logan, Harrison, Ty, et Porter étaient en tête du groupe qui traversait la cour, ils s'arrêtèrent pour que Brego ne soit pas affolé par tant de monde. Les parents Maxwell déboulèrent de la maison au moment où Sebastian mettait pied à terre. Lawrence avait une mine terrible, ses cheveux gris acier étaient dressés sur sa tête et des rides profondes cerclaient ses yeux et sa bouche. Il avait pris dix ans en une nuit. Les yeux de Laurel se posèrent sur ses parents, l'incertitude se lisait dans son expression, elle la chassa et se cramponna à Sebastian. Il la souleva de la selle, l'enveloppant spontanément dans ses bras lorsqu'il croisa le regard de Lawrence Maxwell.

Des mises en garde et des avertissements lui brûlaient la langue, mais Sebastian resta silencieux. Il était sûr que son expression ne laissait aucun doute. Après un long moment, Lawrence hocha la tête, message reçu.

Puis la marée humaine fondit sur eux et Laurel fut arrachée à son étreinte et entourée par sa famille.

Brego avait lui aussi besoin de soins et Sebastian voulait contrôler Ginger, mais il ne quitta pas Laurel des yeux. Il lui avait promis qu'il ne la laisserait pas seule.

— Oh mon Dieu, je suis tellement heureuse que vous alliez bien tous les deux. Ari surgit de la foule et lui passa les bras autour de la taille.

Sebastian oscilla, surpris par cet élan d'affection. Ne sachant pas vraiment quoi faire, il l'ébouriffa.

— Hé, petite, qu'est-ce que tu fais ici ?

— Tu veux rire ? Toute la famille est ici. Même plus que toute la famille.

— C'est ce que je vois. Je pensais que tout le monde était rentré après ma communication radio.

— C'est ce qu'on allait faire, mais Athena a proposé d'offrir le déjeuner à tous en guise de remerciement, expliqua Harrison.

— Oui, personne n'est assez bête pour refuser *ça,* précisa Porter.

— Je peux m'occuper de Brego ? demanda Ari.

— Avec plaisir. Il a passé une rude nuit, il veut son déjeuner et un bon brossage.

Ari prit congé et saisit les rênes, conduisant le cheval à l'écurie.

Ses amis s'approchèrent, l'un après l'autre le prirent dans leurs bras et le serrèrent. Puis ce fut le tour de Logan.

Il prit la main de Sebastian dans les siennes, les yeux emplis d'émotion.

— Je ne sais pas comment te remercier.

— Ce n'est pas nécessaire.

— Tu l'as sauvée. C'était très grave ?

Ce n'était pas la peine de lui flanquer une peur bleue a posteriori.

— Tu te feras des cheveux blancs quand tu auras des enfants. Ce qui compte, c'est qu'elle est en vie et de retour.

— Lieutenant.

Ils se retournèrent alors que Lawrence avançait. Sebastian jeta un coup d'œil vers Laurel qui enlaçait sa mère. Elle ne semblait pas éprouvée après les retrouvailles avec son père.

— Monsieur.

L'homme sembla hésiter puis tendit la main.

— Merci de nous l'avoir ramenée.

Sebastian se limita à incliner la tête.

— Et excuse-moi d'avoir été un tel abruti.

Sebastian n'aimait pas Lawrence Maxwell, mais ils avaient de fortes chances de se côtoyer longuement à l'avenir. Il devait apprendre à être courtois. Il accepta la main tendue, et hocha la tête.

— Ce n'est pas moi qui mérite des excuses.

Le vieil homme acquiesça.

— Je m'en occupe. Bon début.

— Tu es blessée, tu restes assise - ordonna Athena - le dîner est bientôt prêt.

— Mais le médecin a dit que ce n'était qu'un léger traumatisme, protesta Laurel.

— Et une entorse à l'épaule - ajouta Logan- assieds-toi.

Elle fit mine de se redresser du divan.

— Alors, je vais aider Sebastian à nourrir les chevaux.

— N'y pense même pas - Sebastian se pencha pour effleurer ses tempes de ses lèvres- tu es officiellement en congé. Je reviens dans un moment.

Laurel sentit que la fin de la phrase était à la fois un avertissement pour son père, et une promesse à son égard. Fidèle à sa parole, il était resté à ses côtés presque toute la journée, lui servant de bouclier. Elle ne savait pas ce qu'il avait dit à son père, mais pour le moment Lawrence s'était bien comporté. Néanmoins, son estomac se serra lorsque tout le monde alla vaquer aux préparatifs du dîner, les laissant seuls. Elle se prépara pour un contre-interrogatoire, espérant que l'alcool était au menu ce soir.

— Pourquoi ne m'as-tu jamais dit que tu étais insatisfaite ? - La voix de son père était douce, rien d'accusateur - elle ne l'avait jamais entendu parler sur ce ton-là.

Espérant que cette fois, il l'écouterait vraiment, elle se lança.

— Vraiment ? Tu as quasiment coupé les vivres à Logan lorsqu'il a quitté l'université.

Il ouvrit la bouche, et elle le vit s'interrompre et repenser à sa réponse.

— Tu veux terminer l'université ?

— Oui. Cela avait toujours été une évidence pour elle.

— Alors, la situation est différente !

Elle en avait plus qu'assez de son attitude à l'égard de son frère. Elle devait profiter du moment et du fait qu'il était plus disponible après tout ce qu'elle avait vécu, cela ne se reproduirait pas de sitôt.

— Logan ne mérite pas d'être puni, parce qu'il a un idéal de vie différent du tien. Il a finalement trouvé sa vocation, il l'a suivie. Et il l'a réalisée. Ce qu'il a fait ici tient du miracle et mérite le plus grand respect, même si ce n'est pas le choix que toi, tu aurais fait.

Pour la première fois de sa vie peut-être, son père sembla... gêné ? Il soupira.

— Tu as raison.

Laurel cligna des yeux, convaincue qu'elle avait mal entendu.

— Pardon ?

— Tu as raison, je me suis mal comporté avec vous deux.

C'était officiel, les poules avaient des dents. Elle devrait peut-être acheter un billet de la loterie.

Il se pencha, les mains croisées entre les genoux.

— Dans mon enfance, je n'avais rien en commun avec mon père. C'était un travailleur manuel, j'étais un intellectuel. Je lui en voulais pour chaque heure passée à m'occuper des vaches. Il a fait de son mieux, et il nous a toujours soutenus. Nous n'avons jamais manqué de rien. Mais j'avais d'autres ambitions. Je me suis promis que je ferais mieux pour moi, pour ma famille. Que vous n'auriez pas à faire ce genre de travail, que vous ne devriez pas sacrifier votre potentiel simplement pour vivre, ton frère et toi. Vous êtes tellement intelligents, tellement doués, c'était facile d'avoir des rêves ambitieux sur ce que vous pourriez accomplir. C'était facile de vous englober dans le mien. Ça m'a blessé lorsque Logan n'a pas voulu faire des études de droit. J'avais toujours imaginé un cabinet de père en fils. Et le pire, c'est quand il a voulu faire ce que j'avais essayé de lui éviter. Pendant ton enfance, je ne t'ai pas ignorée volontairement. Je ne savais pas comment me comporter avec une petite fille. Puis tu as déclaré ton intention de faire du droit. C'était une deuxième chance. Nous étions sur le même plan. Tu t'es si bien débrouillée. Je suis tellement fier.

— Je sais bien. C'est pour ça que je ne pouvais pas te parler. Toutes nos conversations tournaient autour de l'école, du travail, sur ce que je ferais, ou devrais faire. Je ne sais pas quand je n'ai plus supporté la pression, je pense que cela a été progressif. Je n'en ai pris conscience que lorsque c'est devenu insupportable. Et je me suis dit que c'était trop tard pour changer quoi que ce soit.

Sa gorge se serra.

— J'aurais dû te demander ce que tu voulais. Au lieu de partir du principe que c'était ce que je voulais.

Ses mots étaient du baume sur les blessures qu'elle traînait depuis des années. Mais il n'était pas entièrement responsable.

— J'aurais dû me le demander, mais personne ne l'a fait pour moi, jusqu'à Sebastian.

Son père hésita.

— Tu... tiens à lui.

Tenir semblait un mot trop léger pour ce qu'elle ressentait pour Sebastian, mais elle avait suffisamment secoué son père ces dernière vingt-quatre heures.

— Beaucoup.

— Il est très protecteur.

— C'est une bonne personne, papa, la meilleure personne que j'aie jamais rencontrée.

— Tu vas le garder, n'est-ce pas ?

Laurel resta bouche bée.

— Je ne sais pas. J'espère. Mais ça ne dépend pas seulement de moi.

Il eut une expression mi-figue, mi-raisin.

— Il te regarde comme je regarde ta mère.

Que pouvait-elle répondre ?

Il n'attendit pas la réponse.

— Quand tu auras terminé tes études, en mai, tu viendras ici ?

— Nous n'avons rien prévu, mais je pense que oui.

— Et de quoi vivras-tu ? Ton frère avait un projet, lui.

— En fait, j'ai un projet, et il s'agit de quelque chose où, je l'espère, tu pourras m'aider. L'idée de lui tendre ce rameau d'olivier lui était venue pendant le long trajet, en rentrant de l'hôpital de Johnson City.

— Moi ? En quoi ?

— Depuis que je suis ici, j'ai fait beaucoup de recherches sur les associations à but non lucratif et les subventions. Sebastian s'est vraiment investi dans le sauvetage de chevaux, mais il est à l'étroit. Nous avons décidé de viser plus haut, un programme plus ambitieux de thérapie par le cheval. Pour que ce soit rentable, il a besoin de son propre espace, et pour pouvoir se le permettre, il lui faut des subventions. J'ai étudié plusieurs programmes de financement, j'ai monté des dossiers sur ceux qui me semblent les plus adaptés, ceux qui ont le plus de chances d'aboutir. Mon esprit d'analyse et ma capacité à comprendre le jargon juridique me donnent une longueur d'avance par rapport aux gens qui recherchent des subventions, sans parler des formalités de demande. Je veux aider les gens dans cette démarche.

— Tu veux exercer la profession de rédactrice de demandes de subventions ?

— C'est un peu ça, oui. On a toujours besoin de quelqu'un qui sache évoluer au milieu des complications inutiles. Et je peux le faire n'importe où.

— Ce n'est pas ce que j'aurais imaginé, mais je comprends que tu sois douée pour ça. En quoi ça me concerne ?

— Bon, je suis une Maxwell, donc il est évident que je ne peux pas me contenter de ça.

Un sourire se dessina sur les lèvres de Lawrence.

— Après tout, tu tiens un peu de moi.

— Je ne veux pas seulement aider à faire une demande de financements, je touche mon fonds dans quelques mois et je voulais...

Logan entra dans le salon.

— Hé vous deux, le dîner est prêt.

— Nous arrivons dans un instant, dit Lawrence.

Laurel sauta sur ses pieds.

— Oh non, ça ne se fait pas. Nous finirons notre conversation après le dîner, d'accord ?

Son frère les regarda, l'un après l'autre.

— Tout va bien ?

Pour la première fois depuis bien longtemps, elle sentait que tout allait bien.

Elle glissa son bras sous celui de son frère.

— Très bien, allons manger.

15

Dans la semi-obscurité avant l'aube, Sebastian regardait Laurel dormir. Son beau visage était lisse, sans signe de préoccupation. Sa poitrine montait et descendait à un rythme lent, sans contrainte. Elle avait une jambe entremêlée aux siennes et une main appuyée contre sa poitrine, comme si elle devait s'assurer qu'il était bien là pendant son sommeil. C'était sa position avec lui, et il adorait.

Il la voulait. Encore. C'était comme ça, tout le temps. Or, c'était leur dernier moment ensemble ce week-end. Elle avait cours à huit heures. Il envisagea de la réveiller, de faire l'amour à ce corps qu'il connaissait si bien, mais ils étaient restés éveillés presque toute la nuit, profitant le plus possible du peu de temps qui leur restait. Elle devait être en forme pour ses cours, et il devait l'être lui aussi pour conduire jusqu'à Eden's Ridge. Il la regarda, mémorisant chaque millimètre de son visage afin de le revoir dans ses longues nuits solitaires jusqu'au prochain week-end qu'ils réussiraient à se ménager.

Ses yeux s'ouvrirent, ses lèvres se retroussèrent. L'éclat immédiat de son sourire dès qu'elle le vit frappa Sebastian en plein cœur. Il avait une sacrée chance.

Il lissa ses cheveux encore ébouriffés de la nuit.

— Salut, toi.

— Bonjour, quelle heure est-il ? Sa voix du matin, encore éraillée par le sommeil et le plaisir, rappela à l'ordre son sexe déjà dur.

— Il doit être 6h30, je pense.

Elle se redressa d'un bon.

— Quoi ? Mince. J'aurais dû me réveiller, il y une demi-heure. Mon réveil n'a pas sonné probablement - elle sauta toute nue du lit, se précipita vers la salle de bain. Sur le seuil, elle regarda par-dessus son épaule.

— Qu'est-ce que tu attends ?

— Mmmh, il était sous le charme du spectacle.

— Si tu te dépêches, on peut se permettre une petite gâterie sous la douche.

Il la devança et fit couler l'eau. Dès qu'elle fut chaude, il l'entraîna sous le jet, dévorant sa bouche et explorant son corps encore engourdi par le sommeil avec gourmandise. Elle s'approcha de lui, son désir faisant écho au sien, elle entoura ses épaules avec ses bras. Sebastian glissa sa main sur la courbe de son ventre, s'engagea entre ses cuisses, et la trouva mouillée et chaude.

Elle bascula les hanches pour mieux sentir sa main.

— Vite.

Il se souvint de leur première nuit, son chant enfiévré alors qu'il la possédait. Il n'avait pas le temps de la prendre lentement, méthodiquement. *La prochaine fois,* se promit-il en la soulevant, il la plaqua contre la douche et la pénétra alors que l'eau leur tombait dessus. Elle cria lorsqu'il s'enfonça jusqu'à la garde et Sebastian se dit qu'il ne se lasserait jamais de l'entendre hurler son plaisir.

—Vite, elle haletait.

Il commença à bouger, se fraya un passage en elle, s'abreuvant de chaque gémissement, chaque cri, il se perdit dans la chaleur que leurs corps dégageaient. Elle atteignit l'extase, jouissant fort et vite, ses contractions enserraient sa verge, l'excitant, il faillit en perdre l'équilibre.

Haletante, elle appuya son front contre le sien.

— Ça nous permettra peut-être de tenir jusqu'à la prochaine fois.

— Je nous donne quarante-huit heures. À tout casser.

Elle rit et attrapa le shampooing.

Une fois habillés, ils n'avaient pas le temps de prendre un petit-déjeuner. Chacun s'occupa de son sac, échangeant des caresses.

— Je serai de retour jeudi, pour la livraison. Depuis qu'elle avait repris l'université en janvier, il s'était chargé des livraisons hebdomadaires de Maxwell bio à Nashville, pour la voir chaque semaine. Parfois, ils arrivaient à manger ensemble, parfois c'était juste quinze minutes avec elle dans ses bras. Ça leur permettait de tenir.

Elle ferma sa sacoche et l'enlaça.

— Plus que deux mois, et puis tu m'auras tout le temps.

— J'ai hâte. Il ne savait pas encore à quoi ressemblerait leur vie de couple.

Ils avaient passé beaucoup de temps depuis Noël à rêvasser. C'était sa façon de voir l'avenir, Laurel le voyait comme la première partie d'un plan d'action à plusieurs phases, avec des variations en fonction des financements qu'ils obtiendraient. Elle était une force désormais indispensable, et l'avait amené non seulement à voir les possibilités mais aussi à y croire. Grâce à elle, ils avaient présenté trois demandes de subvention, ils attendaient encore les réponses.

Elle prit une liasse de documents sur son bureau.

— Avant que tu ne partes... J'ai une autre demande de financement.

— Une autre ? Quand avait-elle trouvé le temps pour la faire ?

— Je sais, je sais. Mais celle-ci est pour une association régionale, il n'y aura pas trop de concurrence pour les fonds. Si tu l'obtiens, cela suffirait pour acheter la ferme de Josiah Massey.

Sebastian s'immobilisa.

— Seulement avec ça ?

— Oui, et il nous resterait même assez pour commencer sérieusement les travaux.

La ferme de Massey était leur marotte. Laurel avait vu juste. La banque l'avait mise en vente mais jusqu'ici, personne ne s'était manifesté. Il ne leur restait qu'à espérer que ça continue jusqu'à ce qu'ils aient toutes les cartes en main. Si le financement était aussi important...

Il inspira et expira lentement.

— D'accord, je m'en occupe. Au moins les financements lui permettraient de meubler les longues heures de la soirée quand elle n'était pas là.

Elle lui tendit le formulaire et glissa ses bras autour de lui.

— Prends bien soin de toi.

— Oui, promis. Il fourra le document dans son sac et regarda la montre.

— Tu dois y aller.

— Je sais. Accompagne-moi à la voiture.

Ils chargèrent leur sac respectif et se saluèrent.

Il la prit dans ses bras.

— C'est toujours aussi difficile.

— Oui. Même si je suis plutôt heureuse que tu ne sois plus à l'armée. Je ne suis pas sûre de faire l'affaire comme fiancée d'un militaire, avec toutes ces missions lointaines.

— Je pense que je suis là où je dois être, finalement.

Elle sourit.

— Tout à fait. Elle se hissa sur les pointes et l'embrassa, le tentant avec sa douceur et sa chaleur encore frémissante.

Il recula, contraint et forcé.

— Tu vas être en retard.

— Zut ! C'est vrai. Elle le laissa partir, il recula et lui ouvrit la portière.

— À bientôt. On se rappelle ce soir ?

— Bien sûr, je t'aime.

— Je t'aime, moi aussi.

Elle s'assit dans sa Mini Cooper et lui envoya un baiser en démarrant.

Sebastian la suivit du regard jusqu'à ce qu'elle disparaisse. Il se sentait l'homme le plus chanceux de la terre et se demandait ce qu'une femme comme elle lui trouvait. Il en sourit, sachant bien que cette question la ferait bondir, et qu'elle lui ferait voir au lit. Non-stop.

La vie était si belle !

Il devait juste être patient et attendre huit semaines.

Finalement, la fin arriva ! Laurel était officiellement diplômée de la Faculté de droit de l'université Vanderbilt, troisième de sa promotion. On lui avait mis le capuchon, elle avait été félicitée par les professeurs et ses amis, et maintenant elle se frayait un chemin dans le chaos de la foule sur le terrain de Curry, essayant de repérer sa famille. Il avait plu la nuit dernière, du coup elle n'avait pas mis de talons sur l'herbe gorgée d'eau. Elle pesta contre les dieux de l'ADN qui n'avaient pas été capables de lui transmettre la taille de son père ni de son frère. Elle devrait peut-être monter sur une de ces chaises sous la grande tente.

— Laurel !

En se retournant, elle vit Sebastian qui fendait la foule comme un bulldozer. Elle s'illumina en le voyant et rit lorsqu'il la souleva et la fit tournoyer.

— Bon sang, tu as réussi !

— Oui, tu m'as manqué. Elle prit son visage entre les mains et l'embrassa avec fougue.

— Voilà notre fille chérie. Rayonnant, son père arriva, suivi de sa mère, Logan et Athena.

Elle passa de l'un à l'autre. À chaque embrassade, à chaque accolade, il lui semblait qu'elle se délestait d'une couche de stress et de d'angoisse qui la comprimait. La joie, le soulagement vibraient en elle sur toutes les photos de l'événement. Elle avait *terminé* et elle pouvait finalement commencer une nouvelle phase de sa vie. Mais pour cela, elle devait avoir une conversation entre quatre yeux avec Sebastian.

— Bon, je commence à cuire dans cette toge et avec ce chapeau, et je meurs de faim. La diplômée demande à *manger* !

Comme c'était sa journée, elle dit où elle voulait aller, et tous se dirigèrent vers leurs voitures respectives. Sebastian l'accompagna. Laurel glissa son bras sous le sien, heureuse de pouvoir le toucher.

— Je suis fier de toi, tu sais.

Elle inclina la tête pour le regarder.

— Ah oui ?

— Oui. Tu as réussi à passer ton diplôme et à faire ce que tu voulais faire.

Elle ralentit. Est-ce que quelqu'un lui avait dit, et gâché la surprise ?

— À cœur vaillant, rien d'impossible, et j'ai le cœur vaillant.

— C'est l'une des choses que j'aime chez toi.

Ils regagnèrent sa voiture et elle se débarrassa du chapeau, de la toge et du capuchon. Sebastian était absolument impayable, ratatiné sur le siège avant de sa Mini.

— Tu feras des merveilles dans cette initiative de demandes de financement. Enfin, tu as vu le nombre de demandes que tu m'as aidé à remplir avec tout ce que tu avais à faire ?

— Six. Laurel déglutit, nerveuse tout à coup, tout en faisant marche arrière. Si elle attendait qu'il en parle, elle perdrait cette courte occasion qu'ils avaient d'être seuls. Et elle n'avait pas confiance dans les autres, ils dévoileraient sûrement le pot aux roses au déjeuner.

— Tu n'aurais pas dû avoir des nouvelles du financement de la fondation Calico cette semaine ?

— Si, j'en ai eu ce matin. Mais c'est ta journée. Je ne voulais pas que ça me distraie.

Elle lui lança un coup d'œil exaspéré.

— Comment le fait d'avoir le financement pourrait détourner ton attention ? Aujourd'hui, on fête !

Son visage se crispa.

— Comment sais-tu que j'ai eu la subvention ?

— C'est évident, c'est ma fondation. Sa bouche se referma comme une trappe. Elle aurait voulu le dire différemment.

— C'est quoi, ça ?

Autant l'affronter.

— La fondation Calico est l'association à but non lucratif que j'ai créée avec l'argent de mon fonds.

— Quel fonds ? Est-ce qu'il y avait de la méfiance dans ce ton neutre ? Elle n'aurait su dire.

— Mes grands-parents maternels nous ont laissé à Logan et à moi un fonds d'investissement auxquels nous pourrions avoir accès à nos vingt-cinq ans. C'est grâce à ça qu'il a pu acheter la ferme. Et c'est ce que j'ai décidé de faire avec le mien.

Elle regarda furtivement dans sa direction et vit qu'il s'était renfrogné.

—Tu as créé une fondation, juste pour financer mon programme ?

Le doute n'était pas une bonne chose, elle devait rattraper la situation.

— Pas ton programme seulement. J'ai créé une fondation pour subventionner toutes sortes de projets régionaux. Des choses qui amélioreront la vie des gens du Tennessee. Le tien était juste le premier que j'ai choisi de financer.

Sebastian inspira.

— Je ne sais que dire.

Elle ne lisait pas ses pensées et cela la troublait. Elle se mordit la lèvre et essaya de trouver la façon de le lui expliquer sans blesser sa fierté.

— Tu avais peur que je sois frustrée, que de t'aider avec le programme de thérapie ne me suffirait pas. Tu avais raison en partie. Je veux changer les choses. J'ai *besoin* de changer les choses. Et de cette façon, je peux le faire, à grande échelle, sans devoir quitter Eden's Ridge ou te quitter, toi.

Elle se glissa dans une place de parking du restaurant et se tourna vers lui. Sa mâchoire était crispée, il ne la regardait pas. Elle posa la main sur son bras, il fallait qu'il comprenne.

— Je t'en prie, ne sois pas fâché. Ce n'est pas parce que c'est ton programme que je le finance. Je crois dans ce que tu peux faire. Et je ne t'en ai pas parlé car je n'étais pas sûre que tu aurais accepté l'argent si tu avais su que ça venait de moi. Je savais bien que tu l'aurais refusé si je te l'avais donné directement, j'ai donc demandé à papa de m'aider à faire de la fondation Calico la bénéficiaire du fonds.

Son regard se figea sur elle.

— Ton père est au courant ?

— Oui, il est spécialisé dans la gestion de patrimoine, c'est lui qui s'est occupé des fiducies pour mes grands-parents.

— Et il n'a pas piqué une crise ?

— Non, et ce n'est pas la seule surprise. Il est emballé par mon projet et très intéressé par les programmes qu'il pourra soutenir. Il était impressionné par ta proposition.

Sebastian resta silencieux, son visage n'exprimait rien.

Elle commença à sentir l'angoisse sourdre en elle. Elle voulait faire une bonne chose pour tous les deux, mais elle était peut-être allée trop loin ? Et s'il n'acceptait pas ce qu'elle avait fait ? Avait-elle tout gâché en le faisant dans son dos ?

— Je t'en prie, dis quelque chose, murmura-t-elle

Mais il se pencha vers elle, la prit par la nuque et approcha sa bouche de la sienne et l'embrassa passionnément.

— Je t'aime, je t'aime tellement. Merci de faire tout ça pour moi.

— Tu n'es pas... fâché ?

— Je ne suis pas fâché, je suis en état de choc. Tu es la femme la plus généreuse, la plus douée que j'aie jamais rencontrée. Tu pourrais faire tout ce que tu veux de ta vie et c'est moi que tu choisis.

Soulagée, elle prit son visage dans ses mains, glissant son pouce sur sa joue.

— Je reconnais un bon investissement quand je le vois, et passer la vie avec toi est en tête de ma liste.

— Dieu merci, il se pencha pour l'embrasser à nouveau.

Quelqu'un frappa à la vitre, Laurel se redressa en sursautant.

À l'extérieur, Athena souriait.

— Quand vous aurez fini de vous rouler des pelles dans les parkings, on ira manger.

Sa belle-sœur se dirigeait vers le restaurant, Laurel ricana.

— Pour ton information, je ne me lasserai jamais de te rouler des pelles dans un parking.

— C'est noté, Maître - puis il ajouta, sérieux - je vais m'acheter toute une ferme.

— Et moi, je vais diriger une association caritative à moi toute seule.

— J'ai besoin d'un hamburger.

— C'est papa qui invite. Commandons un steak. Et une langouste.

— C'est bien la fille à son papa.

ÉPILOGUE

Un an plus tard

— Doucement ! Sebastian et Ty montèrent avec précaution les marches du porche et posèrent la jardinière en forme de tonneau de whiskey en face de son double, de l'autre côté de la porte d'entrée. Les impatientes brillantes dodelinaient doucement dans la brise de début mai, elles ressortaient joliment contre la maison fraîchement peinte.

Un peu plus loin, sous le porche, Harrison et Ivy avaient suspendu la dernière fougère imposante aux boulons de l'auvent. Dans la cour, les derniers de l'équipe de Porter rangeaient leurs pick-up. La semaine avait été frénétique. Profitant de l'absence de Laurel qui était à une réunion du conseil d'administration de la fondation Calico pour décider des nouveaux bénéficiaires des subventions, Sebastian avait appelé tous ses amis pour qu'ils l'aident à s'occuper de l'extérieur de la vieille ferme.

Lorsque les fonds étaient arrivés, Laurel et lui s'étaient installés dans la maison de Josiah Massey, l'été dernier. Avec les trois petits financements en complément, ils avaient restauré la grange et démarré le programme de thérapie. Ils avaient fait les réparations urgentes, mais ils s'étaient concentrés surtout sur l'activité thérapeutique. L'entreprise était prospère. Felicity Harmon, leur nouvelle thérapeute, était providentielle, laissant Sebastian passer le gros de son temps avec ses chevaux. Maintenant, il pouvait penser à l'avenir. Ce qui voulait dire s'occuper sérieusement de la maison, pour en faire celle de ses rêves.

En voyant le résultat, il se dit qu'ils avaient fait du beau travail. Le bardage avait été peint dans la tonalité de bleu gris qu'elle avait décrite, avec une frise blanche bien nette et des volets gris foncé. Les jardinières aux fenêtres qu'il avait fabriquées de ses propres mains avaient été montées sur la façade de la maison, des pétunias multicolores débordaient sur les côtés. Tout au bout, un banc balancelle, avec des coussins colorés, bien douillets, un cadeau d'Ivy, était suspendu, donnant sur l'écurie et les prés. Mr. Rochester se l'était déjà approprié, roulé en boule d'un côté, balançant sa queue. Il leur faudrait installer une table sur laquelle poser le café et la citronnade, mais Laurel voudrait sans doute la choisir.

Alors que les derniers membres de l'équipe de Porter sortaient de l'allée, Sebastian jeta un dernier coup d'œil.

— Ça devrait aller, merci à tous pour votre aide. Je n'y serais pas arrivé sans vous.

Harrison lui donna une tape sur l'épaule.

— Je suis content que tu aies finalement demandé à être aidé pour quelque chose.

— Tu vois ? Et ça ne t'a pas tué, plaisanta Ty.

— Vive l'amour - annonça Porter - Félicitations, mon ami.

— Tu ne peux pas me féliciter, tant qu'elle n'a pas dit oui.

— Elle ne va pas refuser -insista Ivy - quand est-elle censée rentrer ?

— Bientôt, vous devez tous filer - il sortit son téléphone et afficha sa position - elle est, mince, elle est à quatre cents mètres ! Elle est en avance ! Vous ne pouvez pas sortir sans qu'elle vous voie. Dispersez-vous.

— Où ? demanda Ty.

— Je ne sais pas. Merde, allez vous cacher. Vous n'êtes pas censés être ici. En passant les deux mains dans ses cheveux, Sebastian repassa le plan, se demandant ce qu'il fallait changer. Ses amis se précipitèrent dans l'écurie. Elle ne regarderait peut-être pas là. Ou peut-être penserait-elle que c'étaient les derniers patients. Tant que Logan lui avait mis le bandeau et que Laurel se prêtait au jeu...

Un pick-up s'engagea dans l'allée. C'était Logan. Sebastian sentit ses mains devenir moites.

À toi de jouer.

Ils s'arrêtèrent en face de la maison. Il contrôla si tous étaient cachés, puis fit le tour pour ouvrir sa portière.

— Pourquoi est-ce que j'ai les yeux bandés ? demanda Laurel.

Cela le fit sourire, il se pencha pour l'embrasser furtivement sur la joue tout en détachant la ceinture de sécurité.

— Bonsoir à toi aussi.

— Sebastian, qu'est-ce qui se passe ?

— Une surprise.

— Je ne suis pas sûre d'aimer les surprises.

— Celle-ci te plaira. Enfin, il l'espérait du moins.

Il lui prit les mains et l'aida à descendre du pick-up. Logan prit sa valise à l'arrière et la posa à côté des escaliers.

— Je vais retrouver Athena, bienvenue parmi nous, Pip - il articula à l'attention de Sebastian - bonne chance- et regagna son pick-up.

Dès qu'il eut disparu, Sebastian sentit sa bouche devenir sèche. Se sentant vraiment bête, il sortit cette phrase.

— Comment s'est passé ton voyage ?

— Tu plaisantes ? Je suis là, les yeux bandés, et tu veux savoir comment s'est passé le voyage ?

— D'accord, c'était le moment, il allait y arriver.

Il la fit avancer, et la mit face à la maison, pour qu'elle voie tout.

— Bienvenue, mon amour, puis il enleva le bandeau.

Laurel poussa un petit cri, les mains à la bouche, les yeux écarquillés.

— Sebastian !

— J'espère que j'ai fait comme tu voulais.

— C'est parfait !

Il allait parler, mais elle était déjà en train de grimper les escaliers, passant la main sur les balustrades peintes, les fleurs dans les tonneaux, l'extrémité plongeante des fougères.

Doux Jésus, cela allait plus vite que prévu. Il se dépêcha de la rattraper.

— Et ma balancelle - elle courut pour la voir de près, il mit un genou à terre - Sebastian, c'est trop... oh !

Ses jambes l'abandonnèrent, elle se laissa tomber sur le siège, faillit le rater et évita le chat de justesse. Mr. Rochester miaula, furieux et bondit avant de disparaître derrière la maison.

Il inspira profondément tout en essayant de se rappeler le discours qu'il avait préparé.

— Laurel, je pense que tu sais que je t'aime.

Ses lèvres tremblèrent.

— Oui, je m'en doute un peu.

Son ton amusé allégea un peu la tension qui l'oppressait.

— La première fois que nous sommes venus ici, tu as dépeint la maison telle que tu l'imaginais, les terres, la vie que nous pourrions avoir. Toute cette année, nous sommes arrivés à faire vivre ce tableau, mais il y a une pièce qui manque. Et ce n'est pas ce que tu as décrit ce jour-là, c'est ce que j'ai vu dans ma tête. Tous les matins, je me réveille et je viens là pour boire mon café avec ma femme avant d'aller faire le travail dont j'ai toujours rêvé et qu'elle m'a aidé à réaliser.

Il sortit la bague de sa poche, heureux de s'être habitué à la garder sur lui ces deux dernières semaines.

— Depuis que nous sommes ensemble, je ne t'ai rien demandé. J'ai toujours eu du mal à demander. Mais ce que je vais te demander maintenant me vient naturellement parce que je sais, au plus profond de moi-même, que c'est juste. Qu'en dis-tu de faire cette dernière chose, d'officialiser ce miracle que nous vivons ? Veux-tu devenir ma femme ?

Les yeux de Laurel s'illuminèrent et un sourire éclatant resplendit sur ses lèvres.

— C'est ce que je veux le plus au monde.

Il poussa un soupir de soulagement, se leva et lui passa la bague au doigt.

Une explosion d'applaudissements attira leur attention vers l'écurie, d'où leurs amis les acclamaient.

— Désolé, ils ne devraient pas être là, mais tu es rentrée plus tôt.

Elle lui passa les bras autour du cou.

— Je me languissais trop de te voir. Et c'est la plus belle surprise de ma vie. Je t'aime.

— Je t'aime, moi aussi. Il l'embrassa, un baiser de plus en plus passionné, souhaitant seulement la conduire à l'étage.

Laurel se détendit et lui sourit.

— Allons recevoir nos félicitations, puis mettons-les à la porte. Nous devons fêter ça.

Encore.

Il vous est difficile de quitter Sebastian et Laurel ? Moi aussi, j'ai du mal ! Quelques moments d'exquises douceurs vous attendent encore dans cet épilogue bonus. Cliquez sur ce lien.

ÉPILOGUE BONUS

Laurel était prête à rentrer. La semaine avait été longue mais fructueuse puisqu'elle avait permis de conclure les démarches financières pour le dernier bénéficiaire de la fondation Calico. Le projet de clinique médicale mobile allait améliorer la vie des communautés rurales du Tennessee. Elle était heureuse que son travail ait un impact positif sur les gens, mais sa famille lui manquait terriblement, à chaque déplacement.

Elle fut transportée de joie lorsqu'elle aperçut l'entrée de la ferme encadrée par les érables rouges qu'ils avaient plantés lorsqu'ils avaient acheté l'endroit, il y a tant d'années. Leurs feuilles brillaient d'un beau rouge écarlate et se détachaient, lumineuses, dans le ciel bleu pâle. Elle s'engagea dans l'allée, franchissant la clôture à claire-voie qui la bordait. On pouvait voir la maison maintenant, elle était toujours de ce magnifique bleu gris, c'était la surprise que lui avait faite Sebastian le jour où il l'avait demandée en mariage. Ses lignes étaient mainte-nant adoucies par une profusion de plantes et de fleurs qu'elle avait plantées et dont elle s'occupait. L'étudiante en droit stressée de l'époque n'aurait jamais imaginé qu'elle aurait le temps de jardiner. Et encore moins, que ça lui plairait. Le fait est qu'elle aimait mettre les mains dans la terre, ce qui amusait toujours son agriculteur de frère.

Elle se gara face à la maison et descendit de la voiture, se laissant pénétrer par la douceur du retour au foyer. Des jouets étaient éparpillés un peu partout sous le porche et dans la cour, Summer n'était pas là, mais probablement à l'écurie avec son papa. Mr. Rochester était perché sur la balustrade, il remua la queue en la voyant. Laurel s'arrêta pour gratter le vieux chat derrière les oreilles avant de partir à la recherche de son mari. De nouveaux patients suivaient le programme de thérapie cette semaine. Laurel en vit un dans l'un des derniers enclos avec Felicity. Mais pas de trace de son petit bout de femme observant la scène de sa position favorite, perchée sur les épaules de son papa. Laurel se dirigea vers l'écurie, mais là non plus, pas de Sebastian ni de Summer.

Sarah Hitchens, une ancienne Marine, diplômée du programme de Sebastian, il y a quelques années déjà, et qui venait toujours donner un coup de main, leva la tête tout en continuant à s'occuper d'un cheval à l'attache.

— Salut, tu es rentrée plus tôt.

— J'ai réussi à tout boucler hier et je suis partie à l'aube ce matin. Tu sais où se trouve ma moitié ?

— Il est avec Bout'chou dans l'enclos d'entraînement, derrière, je crois.

— Merci.

Laurel se dirigea vers l'arrière de l'écurie, en empruntant le chemin poussiéreux entre les arbres, qui conduisait aux petits enclos d'entraînement. Ils étaient un peu cachés afin de faci-liter le travail avec les chevaux victimes de maltraitance. Elle eut le souffle coupé en s'approchant. Sa petite poupée était au centre de l'enclos, ses longs cheveux noirs lui tombaient au milieu du dos, elle tendait sa menotte vers un cheval massif qui aurait pu l'écraser en moins que rien. Elle allait se précipiter pour la soulever dans ses bras, quand elle vit Sebastian à côté.

Il n'aurait jamais rien fait qui puisse mettre leur enfant en danger et si quelque chose allait de travers, il était là, tout près.

Une minute suffisait pour comprendre que Summer avait hérité du même don pour les chevaux que son papa. Le pur-sang baissa la tête, heurtant doucement le torse de Summer, elle pouffa. Elle glissa ses petites mains le long de son cou, tout en murmurant d'une voix cristalline et calme. Le cheval agitait la queue, mais pour le reste, il était immobile, absorbé par la fillette.

— Quelle spectacle, n'est-ce pas ?

La voix basse de Sebastian qui murmurait derrière elle, fit sursauter Laurel. Il se déplaçait toujours aussi silencieusement qu'un chat.

— Plutôt, oui. Je comprends pourquoi tu as attendu l'une de mes absences pour le faire. Je n'aurais jamais pensé qu'elle était prête à quatre ans.

Les mains de Sebastian glissèrent autour de sa taille, l'appuyant contre lui.

— Je suis sûr qu'elle est entrée en communication avec eux dès que nous l'avons amenée, tout bébé, dans l'écurie - il éleva la voix suffisamment pour que Summer l'entende - bravo, mon bébé. Pourquoi tu ne le guides pas maintenant autour de la piste ?

Summer glissa la longe dans le licol du cheval et tira doucement jusqu'à ce qu'il la suive.

Sebastian serra Laurel plus fort, il enfouit la tête dans son cou et la mordilla.

— Tu m'as manqué. Tu es rentrée tôt.

Elle leva la main, fourrageant dans l'épaisse chevelure de son homme.

— Toi aussi, tu m'as manqué, mais tu sais, je te connais, tu veux me dire quelque chose ?

— Que je t'aime.

— À part ça ?

— Je ne comprends pas ce que tu insinues. Elle ne fut pas dupe un instant de son innocence feinte.

—Sebastian, c'est un nouveau cheval, et pas l'un des chevaux sauvés - elle se retourna, le regardant sans ciller - d'où vient-il ?

— D'une vente aux enchères. Je ne voulais rien acheter, mais Summer l'a vu et s'en est entichée et... que veux-tu, je ne pouvais pas refuser.

Mais, chéri, ce n'est pas la même chose que de lui acheter une glace sur un coup de tête. C'est un *cheval* !

— Et nous avons tout pour l'accueillir et nous occuper de lui.

Laurel jeta un coup d'œil sur la piste, où le cheval continuait à suivre leur fille. Elle soupira.

— Elle te mène vraiment par le bout du nez.

— Oui, c'est vrai, mais toi, tout autant. Quel plaisir de te revoir. Sebastian s'appropria de sa bouche dans un baiser fugace qui en promettait long sur l'accueil qu'il allait lui réserver plus tard, lorsque Summer serait au lit.

Laurel fredonna, toute contente.

— Ah petite canaille, petite canaille.

— C'est comme ça que tu m'aimes.

— Tu peux le dire !

— Maman, tu es rentrée ! Summer tendit la longe à Sebastian et se faufila entre les barrières pour passer ses bras autour des cuisses de sa mère.

Laurel la souleva et la serra très fort, l'odeur de son shampoing bubble-gum lui chatouilla le nez agréablement.

— Coucou, ma jolie, tu m'as manqué à la folie. Tu as été gentille avec papa ?

— Oh oui. Tu as vu mon nouveau copain ? Ses yeux noisette brillaient, elle souriait de plaisir.

— Bien sûr. Tu lui as trouvé un nom ?

— Lucky le chanceux, car il a de la chance qu'on l'ait trouvé.

— C'est bien vrai. En croisant le regard de Sebastian, elle se dit qu'ils devaient eux aussi leur magnifique vie à la chance de s'être rencontrés. Elle en serait éternellement reconnaissante.

À PROPOS DE KAIT

Originaire du Mississippi, Kait jure souvent comme un charretier, appelle tout le monde « mon trésor », « mon cœur » ou « mon chéri », et peut manier un « Dieu te bénisse » comme un sabre ou un plaid confortable, selon les exigences.

Vous trouverez plus d'informations sur cette auteure, récompensée par un RITA ® Award, et sur ses livres sur son site Internet https://kaitnolan.com.

Vous voulez plus d'histoires pleines d'humour et d'étincelles qui se déroulent dans des petites villes ? Inscrivez-vous à sa newsletter pour rester au courant des nouvelles parutions, des offres de livres et des contenus exclusifs ! https://kaitnolan.com/french-newsletter/